传世散文经典

因为爱情

鲁迅 等著
郭雨 选编

中国华侨出版社

前言

对于散文的理解，古今有所不同。在中国古代文学中，将凡是不押韵、不重排偶，与韵文和骈文有明显区别的散体文章，包括经传史书在内，统称为散文，后来这一概念又推广至诗歌以外的所有文学体裁。随着时代变迁，人们对散文的认识有所发展，再加上受西方文化的影响，在中国现代文学中，散文就逐渐演变为与诗歌、小说、戏剧并行的一种文学体裁。

散文作为一种文学形式，其历史悠远，发轫于先秦，历经秦汉、魏晋六朝、唐宋明清乃至现当代两千余年来的锤炼提升，弦歌不绝，优秀作品俯拾皆是，为恢宏庞大的中国文学史增添了无尽的色彩与魅力。

先秦散文造就了中国散文史上第一个黄金时期，诸子散文和史传散文作为其重要组成，对后世产生了极为深远的影响。两汉时期散文，在继承先秦散文的基础上取得了很高的成就，涌现出一大批优秀作家和作品。魏晋南北朝时期，在骈文的影响下，散文开始向讲究修辞方法、注重提高文学性方向迈进。唐代古文运动的兴起，一改六朝以来浮华绮靡的文风，提倡文以载道，使得散文逐渐取代了骈文的主流地位，对宋以及明清两代产生了重要影响。两宋散文，在欧阳修、苏轼等人倡导下，唐代古文运动精髓得以发扬继承。明代散文继续发展，特别是晚明小品的出现，成为中国散文史上的重大突破。清代散文在桐城派的引导之下大放异彩。民国以后，文学革命兴起白话文日渐普及，中国古典散文渐渐淡出人们的视野，白话散文亦即现代散文的时代到来了，其影响一直延续至今。

现代散文产生与发展的时代，与近代中国的民族民主革命相契合，具有鲜明的时代特征。这一时期，周氏兄弟、郁达夫、朱自清、林语堂等一大批优秀作家及作品的出现，使得中国散文的发展走向出现了重大转折。郁达夫曾指出："现代散文的最大特征，是每一个作家的每一篇散文里所表现出的个性，比以前的任何散文都来得强。"正是这种"个性"的彰显，令现代散文具有了划时代的意义。有学者指出："现代散文石破天惊般的辉煌发展与巨大业绩，是继先秦诸子百家争鸣之后，散文史上又一次思想、文体的大解放、大突破！"阅读和欣赏其中的经典名篇，不仅能够让人真实地感受到中国社会的变迁，更能深切体味到人生的真谛。散文向有美文之称，成年朋友可以从中获得美学的快乐，年轻朋友则更可从中学习、借鉴写作技巧。

基于此，我们编辑策划了这套"传世散文经典"丛书。

编者从中国现代散文作品中精选了数百篇佳作，按照爱情、友情、乡情等不同主题，分别成册，每册所收作品均按照作者年龄排序。希望我们为广大读者精心奉上的这席文学盛宴，能让大家一道超越时空，追寻这些文坛先贤的足迹，在体念他们的情怀、享受散文的优美之际，将博大精深的中华文化自觉地传承下去。

囿于水平所限，编选过程中难免有所缺漏，敬希读者批评指正。

目录 Contents

伤逝

——涓生的手记

鲁迅

如果我能够，我要写下我的悔恨和悲哀，为子君，为自己。

会馆里的被遗忘在偏僻里的破屋是这样地寂静和空虚。时光过得真快，我爱子君，仗着她逃出这寂静和空虚，已经满一年了。事情又这么不凑巧，我重来时，偏偏空着的又只有这一间屋。依然是这样的破窗，这样的窗外的半枯的槐树和老紫藤，这样的窗前的方桌，这样的败壁，这样的靠壁的板床。深夜中独自躺在床上，就如我未曾和子君同居以前一般，过去一年中的时光全被消灭，全未有过，我并没有曾经从这破屋子搬出，在吉兆胡同创立了满怀希望的小小的家庭。

不但如此。在一年之前，这寂静和空虚是并不这样的，常常含着期待；期待子君的到来。在久待的焦躁中，一听到皮鞋的高底尖触着砖路的清响，是怎样地使我骤然生动起来呵！于是就看见带着笑涡的苍白的圆脸，苍白的瘦的臂膊，布的有条纹的衫子，玄色的裙。她又带了窗外的半枯的槐树的新叶来，使我看见，还有挂在铁似的老干上的一房一房的紫白的藤花。

然而现在呢，只有寂静和空虚依旧，子君却决不再来了，而且永远，永远地！……

子君不在我这破屋里时，我什么也看不见。在百无聊赖中，顺手抓过一本书来，科学也好，文学也好，横竖什么都一样；看下去，看下去，忽而自己觉得，已经翻了十多页了，但是毫不记得书上所说的事。只是耳朵却分外地灵，仿佛听到大门外一切往来的履声，从中便有子君的，而且橐橐地逐渐临近，——但是，往往又逐渐渺茫，终于消失在别的步声的杂沓中了。我憎恶那不像子君鞋声的穿布底鞋的长班的儿子，我憎恶那太像子君鞋声的常常穿着新皮鞋的邻院的搽雪花膏的小东西！

莫非她翻了车么？莫非她被电车撞伤了么？……

我便要取了帽子去看她，然而她的胞叔就曾经当面骂过我。

蓦然，她的鞋声近来了，一步响于一步，迎出去时，却已经走过紫藤棚下，脸上带着微笑的酒窝。她在她叔子的家里大约并未受气；我的心宁帖了，默默地相视片时之后，破屋里便渐渐充满了我的语声，谈家庭专制，谈打破旧习惯，谈男女平等，谈伊孛生，谈泰戈尔，谈雪莱……。她总是微笑点头，两眼里弥漫着稚气的好奇的光泽。壁上就钉着一张铜板的雪莱半身像，是从杂志上裁下来的，是他的最美的一张像。当我指给她看时，她却只草草一看，便低了头，似乎不好意思了。这些地方，子君就大概还未脱尽旧思想的束缚，——我后来也想，倒不如换一张雪莱淹死在海里的记念像或是伊孛生的罢；但也终于没有换，现在是连这一张也不知那里去了。

“我是我自己的，他们谁也没有干涉我的权利！”

这是我们交际了半年，又谈起她在这里的胞叔和在家的父亲时，她默想了一会之后，分明地，坚决地，沉静地说了出来的话。其时是我已经说尽了我的意见，我的身世，我的缺点，很少隐瞒；她也完全了解的了。这几句话很震动了我的灵魂，此后许多天还在耳中发响，而且说不出的狂喜，知道中国女性，并不如厌世家所说那样的无法可施，在不远的将来，便要看见辉煌的曙色的。

送她出门，照例是相离十多步远；照例是那鲇鱼须的老东西的脸又紧帖在脏的窗玻璃上了，连鼻尖都挤成一个小平面；到外院，照例又是明晃晃的玻璃窗里的那小东西的脸，加厚的雪花膏。她目不邪视地骄傲地走了，没有看见；我骄傲地回来。

“我是我自己的，他们谁也没有干涉我的权利！”这彻底的思想就在她的脑里，比我还透澈，坚强得多。半瓶雪花膏和鼻尖的小平面，于她能算什么东西呢？

我已经记不清那时怎样地将我的纯真热烈的爱表示给她。岂但现在，那时的事后便已模胡，夜间回想，早只剩了一些断片了；同居以后一两月，便连这些断片也化作无可追踪的梦影。我只记得那时以前的十几天，曾经很仔细地研究过表示的态度，排列过措辞的先后，以及倘或遭了拒绝以后的情形。可是临时似乎都无用，在慌张中，身不由己地竟用了在电影上见过的方法了。后来一想到，就使我很愧恧，但在记忆上却偏只有这一点永远留遗，至今还如暗室的孤灯一般，照见我含泪握着她的手，一条腿跪了下去……。

不但我自己的，便是子君的言语举动，我那时就没有看得分明；仅知道她已经允许我了。但也还仿佛记得她脸色变成青白，后来又渐渐转作绯红，——没有见过，也没有再见的绯红；孩子似的眼里射出悲喜，但是夹着惊疑的光，虽然力避我的视线，张皇地似乎要破窗飞去。然而我知道她已经允许我了，没有知道她怎样说或是没有说。

她却是什么都记得：我的言辞，竟至于读熟了的一般，能够滔滔背诵；我的举动，就如有一张我所看不见的影片挂在眼下，叙述得如生，很细微，自然连那使我不愿再想的浅薄的电影的一闪。夜阑人静，是相对温习的时候了，我常是被质问，被考验，并且被命复述当时的言语，然而常须由她补足，由她纠正，像一个丁等的学生。

这温习后来也渐渐稀疏起来。但我只要看见她两眼注视空中，出神似的凝想着，于是神色越加柔和，笑窝也深下去，便知道她又在自修旧课了，只是我很怕她看到我那可笑的电影的一闪。但我又知道，她一定要看见，而且也非看不可的。

然而她并不觉得可笑。即使我自己以为可笑，甚而至于可鄙的，她也毫不以为可笑。这事我知道得很清楚，因为她爱我，是这样地热烈，这样地纯真。

去年的暮春是最为幸福，也是最为忙碌的时光。我的心平静下去了，但又有别一部分和身体一同忙碌起来。我们这时才在路上同行，也到过几回公园，最多的是寻住所。我觉得在路上时时遇到探索，讥笑，猥亵和轻蔑的眼光，一不小心，便使我的全身有些瑟缩，只得即刻提起我的骄傲和反抗来支持。她却是大无畏的，对于这些全不关心，只是镇静地缓缓前行，坦然如入无人之境。

寻住所实在不是容易事，大半是被托辞拒绝，小半是我们以为不相宜。起先我们选择得很苛酷，——也非苛酷，因为看去大抵不像是我们的安身之所；后来，便只要他们能相容了。看了二十多处，这才得到可以暂且敷衍的处所，是吉兆胡同一所小屋里的两间南屋；主人是一个小官，然而倒是明白人，自住着正屋和厢房。他只有夫人和一个不到周岁的女孩子，雇一个乡下的女工，只要孩子不啼哭，是极其安闲幽静的。

我们的家具很简单，但已经用去了我的筹来的款子的大半；子君还卖掉了她唯一的金戒指和耳环。我拦阻她，还是定要卖，我也就不再坚持下去了；我知道不给她加入一点股分去，她是住不舒服的。

和她的叔子，她早经闹开，至于使他气愤到不再认她做侄女；我也陆续和几个自以为忠告，其实是替我胆怯，或者竟是嫉妒的朋友绝了交。然而这倒很清静。每日办公散后，虽然已近黄昏，车夫又一定走得这样慢，但究竟还有二人相对的时候。我们先是沉默的相视，接着是放怀而亲密的交谈，后来又是沉默。大家低头沉思着，却并未想着什么事。我也渐渐清醒地读遍了她的身体，她的灵魂，不过三星期，我似乎于她已经更加了解，揭去许多先前以为了解而现在看来却是隔膜，即所谓真的隔膜了。

子君也逐日活泼起来。但她并不爱花，我在庙会时买来的两盆小草花，四天不浇，枯死在壁角了，我又没有照顾一切的闲暇。然而她爱动物，也许是从官太太那里传染的罢，不一月，我们的眷属便骤然加得很多，四只小油鸡，在小院子里和房主人的十多只在一同走。但她们却认识鸡的相貌，各知道那一只是自家的。还有一只花白的叭儿狗，从庙会买来，记得似乎原有名字，子君却给它另起了一个，叫作阿随。我就叫它阿随，但我不喜欢这名字。

这是真的，爱情必须时时更新，生长，创造。我和子君说起这，她也领会地点点头。

唉唉，那是怎样的宁静而幸福的夜呵！

安宁和幸福是要凝固的，永久是这样的安宁和幸福。我们在会馆里时，还偶有议论的冲突和意思的误会，自从到吉兆胡同以来，连这一点也没有了；我们只在灯下对坐的怀旧谭中，回味那时冲突以后的和解的重生一般的乐趣。

子君竟胖了起来，脸色也红活了；可惜的是忙。管了家务便连谈天的工夫也没有，何况读书和散步。我们常说，我们总还得雇一个女工。

这就使我也一样地不快活，傍晚回来，常见她包藏着不快活的颜色，尤其使我不乐的是她要装作勉强的笑容。幸而探听出来了，也还是和那小官太太的暗斗，导火线便是两家的小油鸡。但又何必硬不告诉我呢？人总该有一个独立的家庭。这样的处所，是不能居住的。

我的路也铸定了，每星期中的六天，是由家到局，又由局到家。在局里便坐在办公桌前钞，钞，钞些公文和信件；在家里是和她相对或帮她生白炉子，煮饭，蒸馒头。我的学会了煮饭，就在这时候。

但我的食品却比在会馆里时好得多了。做菜虽不是子君的特长，然而她于此却倾注着全力；对于她的日夜的操心，使我也不能不一同操心，来算作分甘共苦。况且她又这样地终日汗流满面，短发都粘在脑额上；两只手又只是这样地粗糙起来。

况且还要饲阿随，饲油鸡，……都是非她不可的工作。我曾经忠告她：我不吃，倒也罢了；却万不可这样地操劳。她只看了我一眼，不开口，神色却似乎有点凄然；我也只好不开口。然而她还是这样地操劳。

我所豫期的打击果然到来。双十节的前一晚，我呆坐着，她在洗碗。听到打门声，我去开门时，是局里的信差，交给我一张油印的纸条。我就有些料到了，到灯下去一看，果然，印着的就是：

奉

局长谕史涓生着毋庸到局办事

秘书处启 十月九号

这在会馆里时，我就早已料到了；那雪花膏便是局长的儿子的赌友，一定要去添些谣言，设法报告的。到现在才发生效验，已经要算是很晚的了。其实这在我不能算是一个打击，因为我早就决定，可以给别人去钞写，或者教读，或者虽然费力，也还可以译点书，况且《自由之友》的总编辑便是见过几次的熟人，两月前还通过信。但我的心却跳跃着。那么一个无畏的子君也变了色，尤其使我痛心；她近来似乎也较为怯弱了。

“那算什么。哼，我们干新的。我们……。”她说。

她的话没有说完；不知怎地，那声音在我听去却只是浮浮的；灯光也觉得格外黯淡。人们真是可笑的动物，一点极微末的小事情，便会受着很深的影响。我们先是默默地相视，逐渐商量起来，终于决定将现有的钱竭力节省，一面登“小广告”去寻求钞写和教读，一面写信给《自由之友》的总编辑，说明我目下的遭遇，请他收用我的译本，给我帮一点艰辛时候的忙。

“说做，就做罢！来开一条新的路！”

我立刻转身向了书案，推开盛香油的瓶子和醋碟，子君便送过那黯淡的灯来。我先拟广告；其次是选定可译的书，迁移以来未曾翻阅过，每本的头上都满漫着灰尘了；最后才写信。

我很费踌躇，不知道怎样措辞好，当停笔凝思的时候，转眼去一瞥她的脸，在昏暗的灯光下，又很见得凄然。我真不料这样微细的小事情，竟会给坚决的，无畏的子君以这么显著的变化。她近来实在变得很怯弱了，但也并不是今夜才开始的。我的心因此更缭乱，忽然有安宁的生活的影像——会馆里的破屋的寂静，在眼前一闪，刚刚想定睛凝视，却又看见了昏暗的灯光。

许久之后，信也写成了，是一封颇长的信；很觉得疲劳，仿佛近来自己也较为怯弱了。于是我们决定，广告和发信，就在明日一同实行。大家不约而同地伸直了腰肢，在无言中，似乎又都感到彼此的坚忍崛强的精神，还看见从新萌芽起来的将来的希望。

外来的打击其实倒是振作了我们的新精神。局里的生活，原如鸟贩子手里的禽鸟一般，仅有一点小米维系残生，决不会肥胖；日子一久，只落得麻痹了翅子，即使放出笼外，早已不能奋飞。现在总算脱出这牢笼了，我从此要在新的开阔的天空中翱翔，趁我还未忘却了我的翅子的扇动。

小广告是一时自然不会发生效力的；但译书也不是容易事，先前看过，以为已经懂得的，一动手，却疑难百出了，进行得很慢。然而我决计努力地做，一本半新的字典，不到半月，边上便有了一大片乌黑的指痕，这就证明着我的工作的切实。《自由之友》的总编辑曾经说过，他的刊物是决不会埋没好稿子的。

可惜的是我没有一间静室，子君又没有先前那么幽静，善于体帖了，屋子里总是散乱着碗碟，弥漫着煤烟，使人不能安心做事，但是这自然还只能怨我自己无力置一间书斋。然而又加以阿随，加以油鸡们。加以油鸡们又大起来了，更容易成为两家争吵的引线。

加以每日的“川流不息”的吃饭；子君的功业，仿佛就完全建立在这吃饭中。吃了筹钱，筹来吃饭，还要喂阿随，饲油鸡；她似乎将先前所知道的全都忘掉了，也不想到我的构思就常常为了这催促吃饭而打断。即使在坐中给看一点怒色，她总是不改变，仍然毫无感触似的大嚼起来。

使她明白了我的作工不能受规定的吃饭的束缚，就费去五星期。她明白之后，大约很不高兴罢，可是没有说。我的工作果然从此较为迅速地进行，不久就共译了五万言，只要润色一回，便可以和做好的两篇小品，一同寄给《自由之友》去。只是吃饭却依然给我苦恼。菜冷，是无妨的，然而竟不够；有时连饭也不够，虽然我因为终日坐在家里用脑，饭量已经比先前要减少得多。这是先去喂了阿随了，有时还并那近来连自己也轻易不吃的羊肉。她说，阿随实在瘦得太可怜，房东太太还因此嗤笑我们了，她受不住这样的奚落。

于是吃我残饭的便只有油鸡们。这是我积久才看出来的，但同时也如赫胥黎的论定“人类在宇宙间的位置”一般，自觉了我在这里的位置：不过是叭儿狗和油鸡之间。

后来，经多次的抗争和催逼，油鸡们也逐渐成为肴馔，我们和阿随都享用了十多日的鲜肥；可是其实都很瘦，因为它们早已每日只能得到几粒高粱了。从此便清静得多。只有子君很颓唐，似乎常觉得凄苦和无聊，至于不大愿意开口。我想，人是多么容易改变呵！

但是阿随也将留不住了。我们已经不能再希望从什么地方会有来信，子君也早没有一点食物可以引它打拱或直立起来。冬季又逼近得这么快，火炉就要成为很大的问题；它的食量，在我们其实早是一个极易觉得的很重的负担。于是连它也留不住了。

倘使插了草标到庙市去出卖，也许能得几文钱罢，然而我们都不能，也不愿这样做。终于是用包袱蒙着头，由我带到西郊去放掉了，还要追上来，便推在一个并不很深的土坑里。

我一回寓，觉得又清静得多多了；但子君的凄惨的神色，却使我很吃惊。那是没有见过的神色，自然是为阿随。但又何至于此呢？我还没有说起推在土坑里的事。

到夜间，在她的凄惨的神色中，加上冰冷的分子了。

“奇怪。——子君，你怎么今天这样儿了？”我忍不住问。

“什么？”她连看也不看我。

“你的脸色……”

“没有什么，——什么也没有。”

我终于从她言动上看出，她大概已经认定我是一个忍心的人。其实，我一个人，是容易生活的，虽然因为骄傲，向来不与世交来往，迁居以后，也疏远了所有旧识的人，然而只要能远走高飞，生路还宽广得很。现在忍受着这生活压迫的苦痛，大半倒是为她，便是放掉阿随，也何尝不如此。但子君的识见却似乎只是浅薄起来，竟至于连这一点也想不到了。

我拣了一个机会，将这些道理暗示她；她领会似的点头。然而看她后来的情形，她是没有懂，或者是并不相信的。

天气的冷和神情的冷，逼迫我不能在家庭中安身。但是，往那里去呢？大道上，公园里，虽然没有冰冷的神情，冷风究竟也刺得人皮肤欲裂。我终于在通俗图书馆里觅得了我的天堂。

那里无须买票；阅书室里又装着两个铁火炉。纵使不过是烧着不死不活的煤的火炉，但单是看见装着它，精神上也就总觉得有些温暖。书却无可看：旧的陈腐，新的是几乎没有的。

好在我到那里去也并非为看书。另外时常还有几个人，多则十余人，都是单薄衣裳，正如我，各人看各人的书，作为取暖的口实。这于我尤为合式。道路上容易遇见熟人，得到轻蔑的一瞥，但此地却决无那样的横祸，因为他们是永远围在别的铁炉旁，或者靠在自家的白炉边的。

那里虽然没有书给我看，却还有安闲容得我想。待到孤身枯坐，回忆从前，这才觉得大半年来，只为了爱，——盲目的爱，——而将别的人生的要义全盘疏忽了。第一，便是生活。人必生活着，爱才有所附丽。世界上并非没有为了奋斗者而开的活路；我也还未忘却翅子的扇动，虽然比先前已经颓唐得多……。

屋子和读者渐渐消失了，我看见怒涛中的渔夫，战壕中的兵士，摩托车中的贵人，洋场上的投机家，深山密林中的豪杰，讲台上的教授，昏夜的运动者和深夜的偷儿……。子君，——不在近旁。她的勇气都失掉了，只为着阿随悲愤，为着做饭出神；然而奇怪的是倒也并不怎样瘦损……。

冷了起来，火炉里的不死不活的几片硬煤，也终于烧尽了，已是闭馆的时候。又须回到吉兆胡同，领略冰冷的颜色去了。近来也间或遇到温暖的神情，但这却反而增加我的苦痛。记得有一夜，子君的眼里忽而又发出久已不见的稚气的光来，笑着和我谈到还在会馆时候的情形，时时又很带些恐怖的神色。我知道我近来的超过她的冷漠，已经引起她的忧疑来，只得也勉力谈笑，想给她一点慰藉。然而我的笑貌一上脸，我的话一出口，却即刻变为空虚，这空虚又即刻发生反响，回向我的耳目里，给我一个难堪的恶毒的冷嘲。子君似乎也觉得的，从此便失掉了她往常的麻木似的镇静，虽然竭力掩饰，总还是时时露出忧疑的神色来，但对我却温和得多了。

我要明告她，但我还没有敢，当决心要说的时候，看见她孩子一般的眼色，就使我只得暂且改作勉强的欢容。但是这又即刻来冷嘲我，并使我失却那冷漠的镇静。

她从此又开始了往事的温习和新的考验，逼我做出许多虚伪的温存的答案来，将温存示给她，虚伪的草稿便写在自己的心上。我的心渐被这些草稿填满了，常觉得难于呼吸。我在苦恼中常常想，说真实自然须有极大的勇气的；假如没有这勇气，而苟安于虚伪，那也便是不能开辟新的生路的人。不独不是这个，连这人也未尝有！

子君有怨色，在早晨，极冷的早晨，这是从未见过的，但也许是从我看来的怨色。我那时冷冷地气愤和暗笑了；她所磨练的思想和豁达无畏的言论，到底也还是一个空虚，而对于这空虚却并未自觉。她早已什么书也不看，已不知道人的生活的第一着是求生，向着这求生的道路，是必须携手同行，或奋身孤往的了，倘使只知道捶着一个人的衣角，那便是虽战士也难于战斗，只得一同灭亡。

我觉得新的希望就只在我们的分离；她应该决然舍去，——我也突然想到她的死，然而立刻自责，忏悔了。幸而是早晨，时间正多，我可以说我的真实。我们的新的道路的开辟，便在这一遭。

我和她闲谈，故意地引起我们的往事，提到文艺，于是涉及外国的文人，文人的作品：《诺拉》，《海的女人》。称扬诺拉的果决……。也还是去年在会馆的破屋里讲过的那些话，但现在已经变成空虚，从我的嘴传入自己的耳中，时时疑心有一个隐形的坏孩子，在背后恶意地刻毒地学舌。

她还是点头答应着倾听，后来沉默了。我也就断续地说完了我的话，连余音都消失在虚空中了。

“是的。”她又沉默了一会，说，“但是，……涓生，我觉得你近来很两样了。可是的？你，——你老实告诉我。”

我觉得这似乎给了我当头一击，但也立即定了神，说出我的意见和主张来：新的路的开辟，新的生活的再造，为的是免得一同灭亡。

临末，我用了十分的决心，加上这几句话：

“……况且你已经可以无须顾虑，勇往直前了。你要我老实说；是的，人是不该虚伪的。我老实说罢：因为，因为我已经不爱你了！但这于你倒好得多，因为你更可以毫无挂念地做事……。”

我同时豫期着大的变故的到来，然而只有沉默。她脸色陡然变成灰黄，死了似的；瞬间便又苏生，眼里也发了稚气的闪闪的光泽。这眼光射向四处，正如孩子在饥渴中寻求着慈爱的母亲，但只在空中寻求，恐怖地回避着我的眼。

我不能看下去了，幸而是早晨，我冒着寒风径奔通俗图书馆。

在那里看见《自由之友》，我的小品文都登出了。这使我一惊，仿佛得了一点生气。我想，生活的路还很多，——但是，现在这样也还是不行的。

我开始去访问久已不相闻问的熟人，但这也不过一两次；他们的屋子自然是暖和的，我在骨髓中却觉得寒冽。夜间，便蜷伏在比冰还冷的冷屋中。

冰的针刺着我的灵魂，使我永远苦于麻木的疼痛。生活的路还很多，我也还没有忘却翅子的扇动，我想。——我突然想到她的死，然而立刻自责，忏悔了。

在通俗图书馆里往往瞥见一闪的光明，新的生路横在前面。她勇猛地觉悟了，毅然走出这冰冷的家，而且，——毫无怨恨的神色。我便轻如行云，漂浮空际，上有蔚蓝的天，下是深山大海，广厦高楼，战场，摩托车，洋场，公馆，晴明的闹市，黑暗的夜……。

而且，真的，我豫感得这新生面便要来到了。

我们总算度过了极难忍受的冬天，这北京的冬天；就如蜻蜓落在恶作剧的坏孩子的手里一般，被系着细线，尽情玩弄，虐待，虽然幸而没有送掉性命，结果也还是躺在地上，只争着一个迟早之间。

写给《自由之友》的总编辑已经有三封信，这才得到回信，信封里只有两张书券：两角的和三角的。我却单是催，就用了九分的邮票，一天的饥饿，又都白挨给于己一无所得的空虚了。

然而觉得要来的事，却终于来到了。

这是冬春之交的事，风已没有这么冷，我也更久地在外面徘徊；待到回家，大概已经昏黑。就在这样一个昏黑的晚上，我照常没精打采地回来，一看见寓所的门，也照常更加丧气，使脚步放得更缓。但终于走进自己的屋子里了，没有灯火；摸火柴点起来时，是异样的寂寞和空虚！

正在错愕中，官太太便到窗外来叫我出去。

“今天子君的父亲来到这里，将她接回去了。”她很简单地说。

这似乎又不是意料中的事，我便如脑后受了一击，无言地站着。

“她去了么？”过了些时，我只问出这样一句话。

“她去了。”

“她，——她可说什么？”

“没说什么。单是托我见你回来时告诉你，说她去了。”

我不信；但是屋子里是异样的寂寞和空虚。我遍看各处，寻觅子君；只见几件破旧而黯淡的家具，都显得极其清疏，在证明着它们毫无隐匿一人一物的能力。我转念寻信或她留下的字迹，也没有；只是盐和干辣椒，面粉，半株白菜，却聚集在一处了，旁边还有几十枚铜元。这是我们两人生活材料的全副，现在她就郑重地将这留给我一个人，在不言中，教我借此去维持较久的生活。

我似乎被周围所排挤，奔到院子中间，有昏黑在我的周围；正屋的纸窗上映出明亮的灯光，他们正在逗着孩子推笑。我的心也沉静下来，觉得在沉重的迫压中，渐渐隐约地现出脱走的路径：深山大泽，洋场，电灯下的盛筵；壕沟，最黑最黑的深夜，利刃的一击，毫无声响的脚步……。

心地有些轻松，舒展了，想到旅费，并且嘘一口气。

躺着，在合着的眼前经过的豫想的前途，不到半夜已经现尽；暗中忽然仿佛看见一堆食物，这之后，便浮出一个子君的灰黄的脸来，睁了孩子气的眼睛，恳托似的看着我。我一定神，什么也没有了。

但我的心却又觉得沉重。我为什么偏不忍耐几天，要这样急急地告诉她真话的呢？现在她知道，她以后所有的只是她父亲——儿女的债主——烈日一般的严威和旁人的赛过冰霜的冷眼。此外便是虚空。负着虚空的重担，在严威和冷眼中走着所谓人生的路，这是怎么可怕的事呵！而况这路的尽头，又不过是——连墓碑也没有的坟墓。

我不应该将真实说给子君，我们相爱过，我应该永久奉献她我的说谎。如果真实可以宝贵，这在子君就不该是一个沉重的空虚。谎语当然也是一个空虚，然而临末，至多也不过这样地沉重。

我以为将真实说给子君，她便可以毫无顾虑，坚决地毅然前行，一如我们将要同居时那样。但这恐怕是我错误了。她当时的勇敢和无畏是因为爱。

我没有负着虚伪的重担的勇气，却将真实的重担卸给她了。她爱我之后，就要负了这重担，在严威和冷眼中走着所谓人生的路。

我想到她的死……。我看见我是一个卑怯者，应该被摈于强有力的人们，无论是真实者，虚伪者。然而她却自始至终，还希望我维持较久的生活……。

我要离开吉兆胡同，在这里是异样的空虚和寂寞。我想，只要离开这里，子君便如还在我的身边；至少，也如还在城中，有一天，将要出乎意表地访我，像住在会馆时候似的。

然而一切请托和书信，都是一无反响；我不得已，只好访问一个久不问候的世交去了。他是我伯父的幼年的同窗，以正经出名的拔贡，寓京很久，交游也广阔的。

大概因为衣服的破旧罢，一登门便很遭门房的白眼。好容易才相见，也还相识，但是很冷落。我们的往事，他全都知道了。

“自然，你也不能在这里了，”他听了我托他在别处觅事之后，冷冷地说，“但那里去呢？很难。——你那，什么呢，你的朋友罢，子君，你可知道，她死了。”

我惊得没有话。

“真的？”我终于不自觉地问。

“哈哈。自然真的。我家的王升的家，就和她家同村。”

“但是，——不知道是怎么死的？”

“谁知道呢。总之是死了就是了。”

我已经忘却了怎样辞别他，回到自己的寓所。我知道他是不说谎话的；子君总不会再来的了，像去年那样。她虽是想在严威和冷眼中负着虚空的重担来走所谓人生的路，也已经不能。她的命运，已经决定她在我所给与的真实——无爱的人间死灭了！

自然，我不能在这里了；但是，“那里去呢？”

四围是广大的空虚，还有死的寂静。死于无爱的人们的眼前的黑暗，我仿佛一一看见，还听得一切苦闷和绝望的挣扎的声音。

我还期待着新的东西到来，无名的，意外的。但一天一天，无非是死的寂静。

我比先前已经不大出门，只坐卧在广大的空虚里，一任这死的寂静侵蚀着我的灵魂。死的寂静有时也自己战栗，自己退藏，于是在这绝续之交，便闪出无名的，意外的，新的期待。

一天是阴沉的上午，太阳还不能从云里面挣扎出来；连空气都疲乏着。耳中听到细碎的步声和咻咻的鼻息，使我睁开眼。大致一看，屋子里还是空虚；但偶然看到地面，却盘旋着一匹小小的动物，瘦弱的，半死的，满身灰土的……。

我一细看，我的心就一停，接着便直跳起来。

那是阿随。它回来了。

我的离开吉兆胡同，也不单是为了房主人们和他家女工的冷眼，大半就为着这阿随。但是，“那里去呢？”新的生路自然还很多，我约略知道，也间或依稀看见，觉得就在我面前，然而我还没有知道跨进那里去的第一步的方法。

经过许多回的思量和比较，也还只有会馆是还能相容的地方。依然是这样的破屋，这样的板床，这样的半枯的槐树和紫藤，但那时使我希望，欢欣，爱，生活的，却全都逝去了，只有一个虚空，我用真实去换来的虚空存在。

新的生路还很多，我必须跨进去，因为我还活着。但我还不知道怎样跨出那第一步。有时，仿佛看见那生路就像一条灰白的长蛇，自己蜿蜒地向我奔来，我等着，等着，看看临近，但忽然便消失在黑暗里了。

初春的夜，还是那么长。长久的枯坐中记起上午在街头所见的葬式，前面是纸人纸马，后面是唱歌一般的哭声。我现在已经知道他们的聪明了，这是多么轻松简截的事。

然而子君的葬式却又在我的眼前，是独自负着虚空的重担，在灰白的长路上前行，而又即刻消失在周围的严威和冷眼里了。

我愿意真有所谓鬼魂，真有所谓地狱，那么，即使在孽风怒吼之中，我也将寻觅子君，当面说出我的悔恨和悲哀，祈求她的饶恕；否则，地狱的毒焰将围绕我，猛烈地烧尽我的悔恨和悲哀。

我将在孽风和毒焰中拥抱子君，乞她宽容，或者使她快意……。

但是，这却更虚空于新的生路；现在所有的只是初春的夜，竟还是那么长。我活着，我总得向着新的生路跨出去，那第一步，——却不过是写下我的悔恨和悲哀，为子君，为自己。

我仍然只有唱歌一般的哭声，给子君送葬，葬在遗忘中。

我要遗忘；我为自己，并且要不再想到这用了遗忘给子君送葬。

我要向着新的生路跨进第一步去，我要将真实深深地藏在心的创伤中，默默地前行，用遗忘和说谎做我的前导……。

一九二五年十月二十一日毕。

初恋

周作人

那时我十四岁，她大约是十三岁罢。我跟着祖父的妾宋姨太太寄寓在杭州的花牌楼，间壁住着一家姚姓，她便是那家的女儿。

伊本姓杨，住在清波门头，大约因为行三，人家都称她作三姑娘。姚家老夫妇没有子女，便认她做干女儿，一个月里有二十多天住在他们家里，宋姨太太和远邻的羊肉店石家的媳妇虽然很说得来，与姚宅的老妇却感情很坏，彼此都不交口，但是三姑娘并不管这些事，仍旧推进门来游嬉。她大抵先到楼上去，同宋姨太太搭讪一回，随后走下楼来，站在我同仆人阮升公用的一张板桌旁边，抱着名叫“三花”的一只大猫，看我映写陆润痒的木刻的字帖。

我不曾和她谈过一句话，也不曾仔细的看过她的面貌与姿态。大约我在那时已经很是近视，但是还有一层缘故，虽然非意识的对于她很是感到亲近，一面却似乎为她的光辉所掩，开不起眼来去端详她了。在此刻回想起来，仿佛是一个尖面庞，乌眼睛，瘦小身材，而且有尖小的脚的少女，并没有什么殊胜的地方，但在我的性的生活里总是第一个人，使我于自己以外感到对于别人的爱着，引起我没有明了的性的概念的对于异性的恋慕的第一个人了。

我在那时候当然是“丑小鸭”，自己也是知道的，但是终不以此而减灭我的热情。每逢她抱着猫来看我写字，我便不自觉的振作起来，用了平常所无的努力去映写，感着一种无所希求迷蒙的喜乐。并不问她是否爱我，或者也还不知道自己是爱着她，总之对于她的存在感到亲近喜悦，并且愿为她有所尽力，这是当时实在的心情，也是她所给我的赐物了。在她是怎样不能知道，自己的情绪大约只是淡淡的一种恋慕，始终没有想到男女夫妇的问题。有一天晚上，宋姨太太忽然又发表对于姚姓的憎恨，末了说道：

“阿三那小东西，也不是好东西，将来总要流落到拱辰桥去做婊子的。”

我不很明白做婊子这些是什么事情，但当时听了心里想道：

“她如果真是流落做了婊子，我必定去救她出来。”

大半年的光阴这样的消费过去了。到了七八月里因为母亲生病，我便离开杭州回家去了。

一个月以后，阮升告假回去，顺便到我家里，说起花牌楼的事情，说道：

“杨家的三姑娘患霍乱死了。”

我那时也很觉得不快，想像她的悲惨的死相，但同时却又似乎很是安静，仿佛心里有一块大石头已经放下了。

初恋的我

周越然

人生第一次认识一位异性而衷心诚服地喜好他或她——这叫做初恋。在我幼小的时候，我们吴兴城里尚不十分“开通”，青年男女，除兄妹姊弟外，全不同游共步，罕有见面的机会。但是碰到婚丧大事、亲戚朋友集合之际，我们也可以遇见别姓异性的人。我们当时的初恋，大概发生于这种情况之下。我的初恋，就是如此。让我在下面讲给诸君听：

我的初恋，分（一）受恋与（二）赐恋两事。我受恋的那位小姐姓水，长我两岁，虽非近邻，然离吾家极近。我赐恋的那位小姐姓草，幼我两岁，住所在南门，离吾家甚远。两位小姐，都是我谱兄的妹妹。

我先讲受恋的经过：

那位水小姐，因为我与她的三哥哥有谱弟兄的关系，见面的机会很多。她第一次和我并立而轻轻地谈话，似乎是在她母亲病危之时。她声音很低，所说的不全是吴兴话——一半是苏州话。她的身裁，不长不短。她的脸是圆圆的，肤是白白的。可惜她的眼太细，鼻太扁，口太阔，齿不齐整，——真是美中不足。她走路时无不疾行，且无不低首。……

自从那日第一次谈话之后，我一到她家中，她总出来眉开眼笑地招待我。……如是者经过约半年。当此半年中，我正忙于工作，预备考秀才；白天到学校学英语，习科学，夜间在家中读策论，写经义。那一年我十九岁（清光绪廿九年，即公历1903年）；这样忙，那里想得到男女之私呢？刚近中秋的某一日，老表兄陈某来见我母亲，约略寒暄之后，就说道："越弟年岁已大，他的功课又这样好，应该定亲（订婚）了。"我的母亲道："是的，没有好小姐呀！你有么。"表兄道："啊呀！怎么没有？远在天边，近在咫尺。水三先生的妹妹六小姐，岂不好么？"母亲答道："水家三少爷与二儿是拜帖子的弟兄。他们的六小姐，我也见过，相貌极佳。不过二儿一无成就；去年考秀才还是失败。恐怕他们不肯给我们罢！”表兄道：“他们一定肯的，一定肯的——我敢保险。哈哈，不瞒你说，他们小姐已经看中你们的少爷了。只要你答应，那件事没有不成功的。”母亲道：“那好极了。今天晚上，让我问一问越然（当时作月船二字），倘然他真的愿意，我们再进行，好不好？”

那天晚上，我的母亲问我道：“你的三谱兄，水家的，这几天怎样？你天天到他那边去？你看他的妹妹六小姐好不好？”我反问道：“母亲！这是什么意思？”母亲道：“有人今天特地来为你做媒。六小姐已经看中了你，想嫁给你。倘然你要的，我们马上进行。两天之内，要给我回音。小姐很好看，他们又是世家，我很有意。”我立即答道：“噢，原来如此！母亲，你倘然有意，你娶她好了。我没有意思。我不要她。”母亲道：“你不要？什么理由？”我道：“六小姐目中多水，脚步轻浮，不是好相，我决定不要。”母亲道：“去年那个我所不要的草三小姐，比她好么？”我道：“两个人岂得同日而语？草家的非独面目美些，并且能书能算。……”

现在我略述能书能算的草小姐，即我前一年所赐恋者：

我初识草小姐，在她长兄做生日的那一天。我的谱兄是她的二兄。那天晚上，堂会（变戏法）正在进行之时，她的二兄带我到内厅上去，先见他们的母亲和嫂嫂，顺便招呼“妹妹”出来和我见见面。我的谱兄带我进内厅，想是有意的，不是偶然的。他们有意择婿，叫我进去细看我的相貌，同时把他们的美女使我一面，使我终身不忘。这是现在的回想，不知是不是。

他们的那个“妹妹”，真是一个美女呀！眉清目秀，唇红齿白，衣饰入时，步态端庄——我一见就呆住了，几乎连作揖都忘记了。好得有谱兄指导，叫我称她一声“妹妹”，叫她称我一声“二哥”，——未曾做成十三点（发痴）。

那天以后，我几乎每日下午散课后，总想到草家去看我的谱兄。谱兄在家时，我们讲讲时事，谈谈科学，觉得甚有趣味。倘然谱兄不在家，倘然他的妹妹出来笑嘻嘻地告诉我：“二哥出去了。”或者“二哥还没有回来。”我觉得比科学，比时事更觉得有味。所以后来我特意拣她二兄不在家的时候去拜访她的二兄。我的目的，无非要见她一面，听她一语。我们很规规矩矩的，不彼此近身，不眉来眼去。在这种情况下过了四五个月之后，她的二哥向我的大哥开口了；那就是说，他愿意把他妹妹嫁给我做妻子。我的母亲听到我大哥的禀告，也很赞成。第二天母亲就求人去草家请小姐的八字，第三天就亲自到那个缺鼻头盲子先生处问。母亲回家后，面上全无喜色。起初她不作声，后来徐徐说道：“草家的小姐娶不得。缺鼻头讲得很明白，很清楚。他说那位小姐虽然极美，但不长寿，将来定必因产而死（真奇怪！后来果然如此）。他又说那位小姐性情粗暴，在家打爷打娘，嫁后骂公骂婆（此不确实，草小姐实在和气）。我们不要她。明天就请人退八字。”……我气极了；天未全黑，已经上了床了，并且——请诸君看了下文之后不要笑我。当时我也是一个十八岁的孩子，现在我果然是六十岁的老头子了——暗暗地，偷偷地流泪，流了半夜泪。

我第二天起身较迟。母亲见我的眼皮肿了，对我说道：“你哭了一夜，是不是？男子汉，大丈夫，何必如此呢？她不是你的妻，也不是你的妾。她是你的甚么人？你何必哭？事体还没有成功，你已经这样，讨（娶）进门，倘然因产而亡，你肯和她一同死么？好好儿读书用功，明年进秀才，后年中举人，怕没有贤的美的有福有寿的妻么？在我身上，保你得一个较好之妻就是了。快去念书。”我果然勤奋的念书——草家也不敢去了。二十岁春夏之交，我果然入泮（进秀才）。不过第二年没有考举人的机会，所以我没有中举人。同时我深信时局已经变了：举人进士实在不及科学算学之有用。因此我日夜修学，非独不注重功名，并且不注重婚姻。但是别人（亲戚朋友）因为我已经入泮，又因为我深通外国文，每月总有几个来做媒。我完全不管。赵钱孙李，这家那家的小姐，母亲讲给我听的时候，我一声也不响——不赞成，不反对。那时我余怒未息；我自己想道：“让她去拣罢，让她去替儿子娶媳妇罢！”

那年秋冬之交，母亲为我定了亲。定亲的是汪小姐，面貌不恶，脾气极好，就是现在那位五十八岁的“老太太”——我的妻，她身体甚健，没有“因产而亡”。我们现在（今年）一共有两个儿子，两个儿媳，四个女儿，三个女婿，六个孙男，三个孙女。照此一点讲，吾妻真的比草小姐水小姐福气大了——据说，水小姐也一无所出，不过我的妻不是我初恋的结果。

或者问道：“不因初恋而结成的夫妇，是不是没有真爱？”这个问题太宽太大，我不敢答，但是我有一个很偏的议论，清末在报纸上看到的，现在简述于下：

发此议论者，不是中国人，好像是一个欧洲人。他曾经比较中西婚俗而在报纸上发表道：“婚姻好比一锅水，一只炉。西洋人结婚的时候，那一锅水已经烧到沸点了。我国人结婚的时候（越案：指旧时之人而言），炉中之火还没生好。所以西方新婚夫妇，感情很热烈，后来一天一天的冷淡下去。中国新婚夫妇，彼此不相识，后来一天一天的狂爱起来。”照这样讲，我与吾妻两人间现在的爱情，当然与西洋新婚者相等的了。

1944年2月24日

与妻书

林觉民

意映卿卿如晤：

吾今以此书与汝永别矣！吾作此书时，尚是世中一人，汝看此书时，吾已成为阴间一鬼。吾作此书，泪珠和笔墨齐下，不能竟书而欲搁笔。又恐汝不察吾衷，谓吾忍舍汝而死，谓吾不知汝之不欲吾死也，故遂忍悲为汝言之。

吾至爱汝！即此爱汝一念，使吾勇于就死也。吾自遇汝以来，常愿天下有情人都成眷属；然遍地腥云，满街狼犬，称心快意，几家能彀？司马青衫，吾不能学太上之忘情也。语云：仁者“老吾老以及人之老，幼吾幼以及人之幼”。吾充吾爱汝之心，助天下人爱其所爱，所以敢先汝而死，不顾汝也。汝体吾此心，于啼泣之余，亦以天下人为念，当亦乐牺牲吾身与汝身之福利，为天下人谋永福也。汝其勿悲！

汝忆否？四五年前某夕，吾尝语曰：“与使吾先死也，无宁汝先吾而死！”汝初闻言而怒，后经吾婉解，虽不谓吾言为是，而亦无词相答。吾之意盖谓以汝之弱，必不能禁失吾之悲，吾先死留苦与汝，吾心不忍，故宁请汝先死，吾担悲也。嗟夫！谁知吾卒先汝而死乎！

吾真真不能忘汝也！回忆后街之屋，入门穿廊，过前后厅，又三四折，有小厅，厅旁一屋，为吾与汝双栖之所。初婚三四个月，适冬之望日前后，窗外疏梅筛月影，依稀掩映；吾与（汝）并肩携手，低低切切，何事不语？何情不诉？及今思之，空余泪痕！又回忆六七年前，吾之逃家复归也，汝泣告我：“望今后有远行，必以告妾，妾愿随君行。”吾亦既许汝矣。前十余日回家，即欲乘便以此行之事语汝，及与汝相对，又不能启口；且以汝之有身也，更恐不胜悲，故惟日日呼酒买醉。嗟夫！当时余心之悲，盖不能以寸管形容之。

吾诚愿与汝相守以死，第以今日事势观之，天灾可以死，盗贼可以死，瓜分之日可以死，贪官污吏虐民可以死，吾辈处今日之中国，国中无地无时不可以死！到那时使吾眼睁睁看汝死，或使汝眼睁睁看我死，吾能之乎？抑汝能之乎？即可不死，而离散不相见，徒使两地眼成穿而骨化石，试问古来几曾见破镜能重圆？则较死为苦也，将奈之何？今日吾与汝幸双健。天下人之不当死而死与不愿离而离者，不可数计，钟情如我辈者，能忍之乎？此吾所以敢率性就死不顾汝也。吾今死无余憾，国事成不成自有同志者在。依新已五岁，转眼成人，汝其善抚之，使之肖我。汝腹中之物，吾疑其女也，女必像汝，吾心甚慰。或又是男，则亦教其以父志为志，则我死后尚有二意洞在也。甚幸！甚幸！吾家后日当甚贫，贫无所苦，清静过日而已。

吾今与汝无言矣！吾居九泉之下，遥闻汝哭声，当哭相和也。吾平日不信有鬼，今则又望其真有。今人又言心电感应有道，吾亦望其言是实，则吾之死，吾灵尚依依旁汝也，汝不必以无侣悲！

吾平生未尝以吾所志语汝，是吾不是处；然语之，又恐汝日日为吾担忧。吾牺牲百死而不辞，而使汝担忧，的的非吾所忍，吾爱汝至，所以为汝谋者惟恐未尽。汝幸而偶我，又何不幸而生今日之中国！吾幸而得汝，又何不幸而生今日之中国！卒不忍独善其身。嗟夫！巾短情长，所未尽者，尚有万千，汝可以模拟得之。吾今不能见汝矣！汝不能舍吾，其时时于梦中得我乎？一恸！

辛未三月念六夜四鼓，意洞手书。

家中诸母皆通文，有不解处，望请其指教，当尽吾意为幸！

怀念情人

张竞生

唉！当我写到这篇目，提笔时，满身消魂；停笔时，全神在惆怅！

当我第一次到法国时，野蛮的第一次世界大战不久就发生了，德酋威廉第二不顾国际的公约，攻破中立国的比利时，从法国的北方，直驱雄兵，不久将到巴黎了。

我此时住在巴黎近郊的凡尔赛故宫左近的村落，日间遨游于其中山林的胜景，又常信步到达它的近邻——圣格鲁野花园。谢天谢地，我就在这野花园遇到我第一次而且终生难忘的情人。

有好几日，我在散步中注意到一位少女，淡素衣裳，神情有些郁闷，也在园中各处流连。“休题眼角留情处，也有许多脚跟儿将心事传”，那时真是风魔了张解元，不啻为我们此时的写照。况值暮春天气，醉人是草芬，花香、雀喧、蝶旋，我终于禁不住向她通个殷勤了。

一闻知她是法国北方人，避兵祸流落到这里来，我的同情心更加勃发了。她向我申说她家乡的陷落，田园荒芜，屋宇焚烧，德国军人的抢掠奸淫，说时声泪俱下，愤恨填胸。说后，且从她衣袋中取出几篇她所作的感时诗给我看。

“人生何处不相逢？天涯共掬有情泪”，我读完她的诗篇，不免于眼泪四垂！她本是深情者，向我更表出她无限的柔肠，我们终于成为一对情侣了。她不喜欢酒，只喜欢好咖啡与吸一些好烟卷。当我们在饭馆饮了极浓厚芬馥的咖啡后，各抽上一根好的埃及烟，一同携手散步于野花园的丛林中，促膝谈心，外境的战梦，于我们都不相干了，萦绕于我们的心灵中，只有大自然的鉴赏与我们二人的情怀。

我和她的唇深紧地接吻时，觉得有一股的香甜气味，直打搅到我全身酥融。我有时问她这是她唇上所抹的香膏所造成吗？她却笑而不答。这或许她唇膏的香甜，也或许大部份是她身上生来的香气自然流散于口唇。到后来，我能接触她全部玉体时，就已证明她在极快乐时所呼出的香甜口气与她全身所发散的芬芳。

我此时极尽生平所未有的快感，以为是我所拥抱的不啻“香妃”的化身。香妃是乾隆帝的爱人，她是西藩王族所进贡的宝贝。传说满身是香气，我那时所拥抱的那位情侣，不但满身是香气，而且是芬香中带上清甜的气味，连香妃也比不上她了！

可是，好景不常，胜会难继，一日她向我说有先前的爱人因战伤到南方去医治，她奉母命不得不到他所在地去照顾。这是她的义务感战胜爱情感的一种高尚人格的表示。

别了！别了！一别，此生不能再见面了！我们半年间的情侣生活，从此消灭一去不复返了。

当我与那位情侣分离后，万分烦闷苦恼，圣格鲁野花园中每株树每丛花都逗引起我的旧情，觉得在大自然中我是孤单者，冷清清的，终于忍捱不住，而决定到海边去消遣了。

在潮波掀动中，我极喜欢去参加游泳。此中有一位美人鱼，那样壮健活泼的身体，愉快的神情，众人都鉴赏她蓝色清润的眼睛，柔软的金丝发，晶莹透光的皮肤与充分发达的胸膛。她在游泳中表演各种形形式式的超人技术。有一次是大潮来期，波涛汹涌，一群人远远地离开海岸到波涛处去迎接，我也不量力地去参加。这是在两潮流中间的分界线上，水势掀动得格外厉害，我的抵抗力衰落了，只有一摇一摆地在挣扎，眼见离岸尚远，我的心慌了；幸而她，那条美人鱼在我旁边，举手援引我一同到沙际。她微微向我一笑，我此时感激她的帮助，就彼此攀谈起来了。

她是巴黎的卫生员，到此来过暑假的。她是未婚的壮年姑娘。若说那位第一次的情人给我是柔媚的感受，在这第二次的情侣上，她给我是雄健的心怀。她是卫生人员，自然是极讲究卫生的。但她所讲究的卫生，不但是消极的如细心消毒之类，而是在积极上养成钢铁般的体魄，富有抵抗力以战胜一切的毒菌与病魔。她反对古典式的爱情，在大城市的茶楼、饭厅、跳舞场，与及个人“沙龙式”的爱情，而是在大自然中，在高山大海间的爱情生活。总之，她宣传提倡与实行一种新兴的“卫生的爱情”，与世上“面包的爱情”，“势利的爱情”等等相对立。

“卫生的爱情”，这是一个簇新的名词，我初闻及也不免为之一跳。可是请看她的内容吧。这位爱人说现代人的爱情是神经质的，在灯光酒卮下的是衰弱的。只有卫生的爱情，在大自然中男女双方充分锻炼好身体，又深深地亲密地与大自然长期接触，而且生活于其中，养成与万物一体的同情心，然后男女间始有雄伟而温柔的真正永久的爱情。

她在我面前，立在风涛澎湃的海岸为我跳舞那些天仙下凡的姿态；她在高山烈日中，为我表演那样飞鸟的翱翔。

这是她引带我到法国自然派的卫生岛——日出岛，极快乐地过了一长期的卫生的爱情生活。在这个岛中，我们日夜里可说是全身裸裸一丝不挂，在大自然的高山大海中逍遥。我们的心灵是与大自然相合一。我们的身体是与太阳、月光、星辰合成一气不相割开。我们的爱情是扩大到浮云、落霞、鸟啼、虫鸣的心腔里。一切都是可爱的，一切都是爱情的对象。这个爱情真是广大无边。

我们就这样享受了“卫生的爱情”，也讲究到“爱情的卫生”。返巴黎后，我们仍然继续这样的爱情。我们一到夜间，不去咖啡店、跳舞厅，一直就到郊外去享受大自然的乐趣。

从这样情人制的国土，我归回本国，以为情人制比婚姻制为好。我就想在本国考验这个事实是否行得通。

当我为北大哲学教授时，我就在一本《美的人生观》上主张我所谓的情人制。恰巧有同事（一位教授）于其妻死后和小姨发生关系。小姨是与人有婚约的。她的未婚夫闻知，从广东跑到北京，大办交涉，几乎要把这位教授置于死地。我看不过了，就在《晨报》上发表我所谓的“爱情定则”，即是：

（一）爱情是有条件的；

（二）是比较的；

（三）可变迁的；

（四）夫妻为朋友的一种。

那时，有几百封信向我进攻，在报上闹了个把月。我在后头作了一个总答覆。有识人士尚算对我表同情。其中最重要的，为当时的周作人，他介绍一件故事，说有一个痴人爱上了一个女吊颈鬼，因为这个女鬼是美丽而且具有女性的条件，所以能被他所爱。假使全无条件，就不能发生痴人的爱慕了。但事实上，且看我怎样失败！

有一日，《晨报》上登出一位女士，自述她逃开不争气的小官僚丈夫，独自走到北方为小学教师。在我眼前出现了一个娜拉。我悲哀她的身世凄凉，遂与她通一封信，不意由此我们变成了情侣。

可是中国式的情侣，毕竟有些与西方式的不相同。这位女士，中国文尚过得去，但对于科学及艺术却是门外汉，她所要的，是与一位能在社会政治活动的人结婚。而我此时，对于世事是极端厌恶的。在南北军阀混战的时代，我对于世事极端痛恨，只好向书本过书呆子的生活，这是她所不愿意的。在我们同居二三月后，她不告而走开了。

我对这样的打击，有好几个月魂不附体，自怨自艾，自视为不成材；连这样的女子也不能得到她的青睐。回想我在欧洲情场上的“胜利”而今竟一败涂地！这样相思的痛苦情怀，好得有一位朋友劝解。他向我说：“中西的女心是不相同的。西女是为爱情而爱情，中女的爱情是附属的条件，她们最重要是有一个永久可靠的婚姻。你那位女子既然以势利为选择对方的条件，对你这个书空咄咄的书呆子不能相合，这是势所当然的。你已主张爱情是有条件的，你当自宽慰，勿为此事而摧残！”

多谢爱友的劝勉，可是当我夜静独处时，仍然不免于眼泪暗吞。

爱情是有条件的：但有些是进化的如才、貌、德、健康之类；也有些是退化的如以财、地位、势力为依据。爱情是可变迁的，只要看这从进化或退化的方面去变迁。

当这位女士离开我时，我初则以为过失在我，每想及此，总是对她这次的决绝抱了无穷的苦恼。

好了，有一晚，仆人通知我有一位女客在客厅待我，我从楼上下来，使我惊喜出天外，原来就是她！

她冷淡地对我说，此来是解决她腹内的胎儿问题，或许我有意保存，或者由她打下。我劝慰她，说我先前的错误与别离后的相思，我恳求她继续旧缘。到后，她要求我二条件：一是同居；二是我须与家中结发妻离婚。我就即刻答应了。窥她意思或许有第三条件是彼此结婚。但她是不肯出口的，况且她对她先前的丈夫尚未经过离婚的手续。

我们就同住在什刹海旁边，当冯玉祥军队入北京这一日，我们的小孩也就出世了。我往后，又再租一小屋居住，她们母子时来聚餐，我也时常到她们那边去。那样分居在我意或许增加彼此的情趣，就这样极和气地住了一年余。中间也曾经到哈尔滨去避暑。

因为我在北大已有五年，照例，可请假一二年带薪到欧洲去。我就此携眷到上海待放洋，可恨张作霖入北京后，他所最恨的北大就被他摧残，我的出洋计划不能实现了，只好由友人出小资本在上海开“美的书店”。

在此时，我的娜拉又第二次出走了，在这时期，我们生活得极和畅。但她为一位先前的爱友所掀动，就想去依靠他了。

美的书店一开始，生意就极旺，我们除出全力译述英国蔼理士那部性心理丛书外，又介绍一些文学及我那本《第三种水》，也极见通行（《性史》久已不敢继续出版。除我那《性史》第一本之外，其余的与那本《性艺》，都是一班文氓假我的名偷印的）。我极想聚集一班名人共同译述二三百本世界的名著。可惜仇人极端陷害，美的书店终于倒闭了。

若说我在欧洲的情人生活是喜剧的，那么，在中国所遇到的都是悲剧，我在上三四段所说的那位，在她对我是喜剧式的舞弄，而在我所受的是悲剧式的苦恼。

以下两段，我所写的是纯粹的悲剧了。

当我带小孩归家园时，在外则为公众筑公路、办苗圃，在内则治果木菜蔬。小孩还是稚龄，我日夜都在外，不能管顾。这时，我不但需要一位情人，而且需要一位管家主妇了。况且我渐渐觉得在中国行纯粹的、公开的情人制是行不通的，只好在婚姻式中试行情人式吧。

适巧此时，乡中小学请来一位女教师。是一位中年的未婚姑娘，高高的苗条身材，最引人是那双带愁的媚眼，这是西子的“颦态”，最值得引起人同情的。在许多次接触之后，我们恍似一家人了。她感激我支持她所主张的女学生可到溪中去游泳，而她的校长却反对。我感激她的是当我在外间仆仆归家时，她看到我的枯黑神情，赞誉我为“东方的甘地”。

我们就这样混过了朋友的情怀，在暑假时，我到她家中过夜，我屡次向她求婚，都被她婉词托故拒绝。到后，我查出她拒绝的理由有二：一是我穷，不肯积蓄家产。而此中最大的理由，是她有先前的情人尚在追逐。她也公开向我承认此事。并说是她的过失，虽则尚在通信苦求她回心，而她仍在考虑中。

我不久就被当时的广东省政府通缉，罪名是提倡男女学生在溪中裸体游泳（实则他们都穿了游泳衣），并公开宣传“性学”（实则如后来那位县长为我辩护说，在饶平县的山村，张某只有向牛群宣传性学）。

真情是我为筑公路，得罪了一个大姓的乡里，他们出了数万龙洋运动当时的民政厅长林翼中，藉故必要把我捕禁。我幸得汕头市长及本县县长的通知，趁夜逃到香港来了。

在这样仓卒逃走时，我把爱子付托与这位女教师。我到香港后，她带来我的小孩，但表示极冷淡的态度，不久她就归家了。以后我们一直不曾再见面，只在汕头报上得知她最惨的下场。

她与旧情人到她的家中，在那样封建的家乡人眼中已经看不惯。况且她提出与家人分家产，她父先前是富有的华侨，到那时已是破落户了，但尚有华丽的房屋。这个就引动了她侄子辈的恶意。一夜里，这些恶侄及一帮恶徒，把她的四肢斩断，用竹管插入她爱人的喉中，一同丢入于近海内。这个场面，极尽人间的惨酷。我从此更加深切了解情人制在中国是不能通行的。

当我当年在求她不得时，常在与友人杯酒之下，念了范仲淹的“酒入愁肠，化作相思泪”之句。当我看到这段悲惨的记事时，我的相思泪更与酒气泛滥为泪海了。

将这个献给我的妻房

罗黑芷

你所时时抱着的那恐怖和那一想便会教你全身战的那惶惑，在你的眉头上我知道曾经开始攻进了你的不能防御的心，有许多许多的昼夜了。今晨你要求我“早点儿回来”时，你的眼睛里仿佛要说而又不愿多说的言语，教我知道了你的朦胧的回忆里又理出了昔日的痛苦，压住了目前的心。

当我出门步行向那每天照例必得走一趟的地方去时，那头上蔚蓝到教人喜悦的天空，和那从墙头落下来的拂面的暖风，不知不觉地诱惑了我了。他们教我想到野外的柳枝，绿的池塘，新生的草，和朋友们的欢颜，乃至教我在迷惘中尝到了一滴醉人的酒和一片甘芳的饵。但我也在这悬想的快乐里，想到了你在晨间微笑着向我说的“但愿今日是一个清和的晴天”的话。你须知道我平时在这样醉人的天底下走着，便早忘掉你了！今日我努力想要和平时一般地忘掉你，但是我脊梁上驮着的一种压人的东西竟使我瞧见了那些每天早晨在街上必得遇见而且连眉目都认得清楚的行步飘逸而态度骄矜的年青姑娘们时，不敢用眼睛窥瞧；即如我已经坐在办公室内的写字台边了，人们的言笑和脸色似乎都和我陡然隔了一层障纱了，而且那从笔尖落下在白纸上纵横的黑痕也仿佛在那儿和我相撑拒。这样说来，我竟是正在思念着你了，而且思念着你今天的话了？不是的。我只是在许多图画片中捡出了三年前的一旧影呵！

三年前，大约是三年前的初秋的一日下午，我从城里到了你母亲的家中。初见人影便大声嗥吠及至定睛看清楚了是熟人而后摇尾跳跃的两只灰黄色的狗，将我拥着进了那屋子的厅堂。那西落的斜日犹自留下半截耀眼的白光在东厢房的窗口之上和瓦檐之下。堂屋的空洞和桌椅的静默流出了右边正房内的仿佛有许多女人悄悄的谈话和间歇发作的低微的苦楚的呻吟。这曾使我疑惑。一个老年妇人出房来了，见着我便摇手，她是我的继母，我没有认错。她的意思，在那布满着神秘的慌张的脸色上，是通知我不要走进那房里去。我立时明白了这老年人对于我的尊敬。我正踌躇着，便听见你的无力而颤抖的声音唤着我的名字了。

我知道这是怎样的一回事。我拂了老人的意思和命令，斗胆地撞进了那房门。那时，在那仅由一个低的纸糊窗牖放进光去的昏暗的地板中央离卧床不远的地方坐在一只矮椅上的你，上身穿着一件白地蓝条纹的洋纱单衣，下面裸露出两条单瘦的大腿；气弱的眸子从你那白到无血色的脸上慢慢地朝着我望了过来。我仿佛也看见了成家坪的廖六娘和隔壁佃户家的刘大嫂；我仿佛也看见了你的母亲摆着预备做第五次外祖母的毫无表情的面孔，陪着她俩和旁的另外一二个女人们慷慷地谈论些和此时的问题大约没有关系的事；我仿佛也看见了那壁上的画幅，靠壁的条桌，桌上零乱摆着的座钟，花瓶，瓦壶，白瓷茶，大碗，破书，和包药的旧纸的红色蓝色，床檐，和床前的旧睡椅等等，连同其余的数记不清的静默着的物件，在我眼前齐变了他们平日的和平的模样。这些大约是我第一步跨进房门时眼睛一瞥之所获得的了。

“你回来了。”这是一种感觉到内心慰安然而是没气力的呼唤。

我默默地看了你一眼，因为觉得有许多目光都在忸怩地示意我退出去；我便在这房门的外边沿壁的一张大靠手乌木椅子上面安置了我的身体，同时也便从容地想到“你真是一个勇敢的女人呵！”

我想着第一个儿子的出生是你处女的美开始完结的时候，——膨大的乳房，松懈的脚步，和前额上许多隐隐的皱纹，都在那时警告你生命的坡路已经到了最高的顶点，从此便是向那下坡的路上了。你虽是二十一岁的少妇，你的格言只有柔顺，服从，和忍受，或者当那压服已久的自然的反抗的意志偶然不经意地流露时，也只有默默地倒卧在床上，或者更强烈一点便独坐在房隅里红着鼻子啜泣。这些由你的伯母叔母和母亲的模范及父亲和叔父等的训练而使你奉命惟谨的那些格言遂使你在上海跟着我度那典质为生的日子里，在你终日板滞地被拘囚着刻刻思念家乡的日子里，在腹内胚生了第二个新生命的种子，那便是你的安儿了。

你的生活的路线上最应该不使你忘记的一段，我想，是朗儿出生的历史：在民国八年严冬未死春风未醒的时候，我因生活的逼迫，为着二十元一月的收入，远离你住在武陵的德山工校。自结婚后从不曾分离过的我们，在那些现在已无踪影的信札上，曾经开始感到入骨的寂寞，也便是感到那不待用人工织成而自己会领略的恋的滋味了。在每个晴天的下午，那山顶的古寺，山下的朗江，隐在烟雾中的武陵城市，和那从山上远望去仿佛只是一点点白色在绿波上慢慢移动的船帆，现在想起来，还使我感谢那逆转的运命怎样地将我们从数百里之外吸引在一处过那种一生中仅能有一次的幸福的生活。

你须知道：我们虽然有了四个小孩，而真正的生命延续却只有那从德山归后你所产生的这朗儿了！可是如蚕儿般你的生命似乎已经到了那从茧子里蜕变成蛾，已经开始执行你的天职到数秒钟之久，而亦可说是已经开始你的生命的毁灭到了九个寒暑的来复了。我曾经亲眼看见你的眼睛变大了；密生的长发成稀疏了；肩头支着衣服现出两点骨的突起了；袒开胸服时，两片软而皱的乳房的皮贴着肋骨而垂下了；行路时仿佛在你的颈项上给套上了挽车的粗绳，只是挨延着提脚步了。这便是你做了四个小孩的母亲的代价，而也是你做了我十年妻房的代价。你现在已经是三十岁的中年妇人了。

我坐在那房门外的乌木靠椅上，时时听见房内的声唤，时时瞧见许多女人们（继母和你的母亲大约也在内）从这房门口出出进进，每次她们手里总得捧着一浆水或旁的衣布之类。有时我的麻木了的肢体教我站了起来，随着房内一阵紧一阵的恫呻，开始在这厅堂中的泥地上打磨旋。这样地天色便昏黑了。仿佛是那七岁的安儿从厅堂门外探进了半截身躯，低低地但是惶惶地说："爸爸，晚饭。"

"晚饭？现在不吃。"我用眼睛回答了他。

我的脚步踅到了房门口，决意搴开门帘一瞧，便在那放置在条桌上支着白瓷罩子的石油灯射出来的暗红色的光里，看见你的眼睛闭上了在那颜面筋肉已不起什么作用的灰白色脸上。房里坐着或站着在你周围的人们，在静寂的难挨的时间经过里，间歇地发出问讯，安慰，或商酌的低声的语言。她们的心跳跃着，呼吸紧逼着，似乎正在等候那一秒迫近一秒的未来的变动；危险呢？安全呢？生呢？死呢？我却什么也不曾想到，因为我什么也不曾等候着，我眼前现出的只是一片空茫。

我又退出，这回在厅前阶上徘徊着。那已经高出东南屋角树杪的下弦的月，从那些在她下面慢慢流动的银灰色的云片隙缝中射下一线水也似的清光在那白色墙上和那低的方格窗牖上。我停步细听，处处都是静寂；除了那辨认不真方向的远远的犬吠，却只有微风摇着大约是屋后四株大枫树的叶儿和那附生在下面的丛竹的戚戚了。此时我听见房内的小巧玲珑的座钟丁丁地响了八下，九下，后来竟然是十下了。那在房内的沉默了许久的空气忽然被一阵水浆淋漓在地板上的声音，和人们的手脚拖动木凳木盆而一面嘈嘈切切抢着说话的声音惊破了；我跟着计算这是起了产气以后的第十九个小时。“也应该是最后的时刻罢？”的希望依然还是渺茫。然而激烈的阵痛开始了；我不由地跑进了房去，仿佛有幽灵在后面袭着我。

那时刻，你是如有岛武郎在他的《与幼小者》的文中说的，“宛然用肉眼看着噩梦一般，产妇圆睁一眼，并无目的地看定了一处地方……！”你那仿佛坠落在漆黑深洞中的半涂里挣扎着，想抓住一根细而长的丝便以为生命得救了似地哀唤着母亲的那声浪，将我一无所知地引到了你的身旁。你便将左臂从那原来紧靠着你的那女人肩上，疾速地钩住了我的颈项，抵死环抱着；在累积地增加努力的俄顷间，你母亲的大声颤抖的叱咤猛烈地激动了诸人的奋励。忽然一阵松懈，你的疲乏到不堪的脑袋便在“哎哟……”的一声里倒在我这战着的肩头！这便是第五个女孩的出生呵！

不幸这三年后的今日，又使你真切感到了那痛苦的记忆。造物将你玩弄如同他玩弄世间一切女性的生物一样；即是一颗栗子的产生也要将他的母体破裂而复能见着太阳的光；因为母亲的一生总是这样的呵！我现在坐着在这又是一弯残月的天的夜半的一室，做梦一般地又听到那教我神经麻痹的痛楚的呻吟。我实在不能忍了。我将眼耳蔽塞么？我还有那想逃走而复恋恋于此的不自由的灵魂！我有罪了。倘若这个新的生命能与它的母亲同在，它的名字便给叫作“恕儿”罢。这便是我奉献给你的微尘般渺小的报酬了！

情书

——致杨骚

白薇

一

维弟：

来信辨不出是铛铛唤醒阴魂登场的警钟，还是有人在叫我的优美的肉音？醒来把真珠似的文句再看再三看，却像我自己遗在花间草间的血痕。

维弟呀是你！我和你有一层世界的隔离，何以同是撒出真珠粒粒？

你不过是有时候像从荒冢里爬出的幽灵，荒家乃是我永远安息的土地。我不知到了这里有多久，也懒问现今是何年何日。把轰轰烈烈美丑竞争的人世间，忘却不救一滴。统计我过去的生涯，没有一文价值。你为谁记起我来？我那点值得你来欢喜？你怕是弄错了吧？你不是做梦吧？我和你有生死的区别。

只是呵维弟！我还不曾见过你，心里便喜欢笑默默地，常常想，想你好像能和我做朋友，而且会是一副天使心肠的交际。

初春，我还没有被大病危害之前，我以你的材料，拟了一幕“雪夜里的哀声”的剧。本想作成寄你，虽不知道你的名字，也不怕你笑死。

今早我正要坐在翠绿的群峰下做画家荒川女史的 Mode 1的时光，忽然接你那么一封信，唤醒了我的迷灵。真呢梦呢？心脏跳跃跃地总在怀疑。我喜欢你，我真是喜欢你，敬爱的维弟。我孤哀哀的凝结在冰冢中，有时候也还将万恶的人世记起。因为那装满浊物的人世间，还有个拳拳系念的P.弟。维弟，你记起我么？我也碰着了人间的呼息！你想把我拉到人间来大家欢喜做朋友么？感谢你！只是我全身的机关，都被病魂毁坏了；我玫瑰般红艳艳的热血，全被凶涛冲散了；我没有立得起的力量了。你眼前摆个残疾的朋友，不疑是坟墓里的红发鬼么？

维弟，你就总不给我一个字，我心里也深深地刻着你是我“很要好的一个朋友”那一件事。

薇

灯下

二

维弟：

接你第二封信，似乎要回信，说破你的悲哀，似乎不必回信，恐怕增你的烦感。总之，我不想回信，等到九月回京也不想写信，而且无论到何时都不想写信，可以说：是我再不想给你的信。

“啊，残酷！残酷！悲惨啊！”你不又是要一只眼睛一条泪丝这么样叹息么？天为凡俗人纳污垢：创造蔚蓝的脏水海；天为感情家集幽芳：创造澄碧的泪泉川。海水不深，沉不尽无量数的热闹的丑恶；流川不深，浮不起明星寥落的艺术。你有多少碧莹莹的玉髓？你有多少鲜丽丽的珠精？流吧！流吧！你爱流尽管流呀！流到最终的那一滴，始与泪天沉默着的先辈聚集。

啊，嫩绿绿的青年！你也爱了涅么？你也喜欢无爱憎无欢乐么？你忍看泪水滴滴流尽：为的追求爱之光明。你怎甘与醉迷迷的春光割爱？你怎舍得丢了光怪陆离的世界，来过这冷寂的生涯？美之追求的宇宙迷儿哟！你想这是美之所归？这里原是绝灭境界。芳艳到此寂然，满目只剩墓天，无爱无憎无悲亦无欢，所谓是涅。等你来到沉寂的泪天会面时，先辈会这么询问你，我也会这么询问你。因为我也是你先辈中的一人哩。

维弟，你还爱一息之生机，泪是不可多流的。哀伤是破坏美的枪弹；哀伤是引人认识涅的妙谛。敬爱的维弟！你看到我这信，你该知我不仅是丧失了傀然一身，连悲哀也一片不残存。我常常自己发问不知道我是鬼还是人？又觉得我多少有些佛性，悲伤是一片也不残存。你殷勤劝我的话，是不是多劳了神？

当我被悲哀左右死生的时候，中国书只有一部“楚辞”，能慰慰楚楚凄凄的心；当我沉沉寂寥的时候，听人家淅淅的流泪声也能警醒亡灵。总之，我为你弄得不安了，不得不回你这一个信，维弟哟，假定我是人，我们有丝丝相结的精神，要交际就交际，何须求呢？何况我本爱你，我久已是无邪气的爱你，我只愿你一件：愿你像 P.和 T.他们一般！随便交游，随便往还，爱的时候恨不得抱成一块，吵的时候也不防闹得破天。不必定个甚么目标，更不必作条死呆呆的界线。想会面可以常常相见，不高兴的时候永远不必再相见。望你不要想得太长，也不必想得太短。横竖人生仿佛浪花，全靠积一瞬间一瞬间的虚幻。

轻井泽是避暑的天国，它的美处想等你来描写。你和T.，P.他们来吧！我很盼望。T.，P.他们或者困难，你应该不困难。你一个人不能来么？你丢不了你们的新乐园么？这里还有许多贷间，景色之美丽幽玄，不由你不疑此土是仙境而你是神仙。你来！我们同游奇山，去洗温泉不好么？早晚一块儿往群芳竞放的原野，在黄莺回啭的密林下散步不好么？无论如何请来吧！我在等你。

薇

8.4

三

维弟：

我告诉你一桩怪事：我忽然信起宗教来了，昨晚十一点半钟的时光发见的。当我感到这一层，心里碎裂作奇痛，合掌胸前，流出沉痛的泪水，虔敬地默祷一次又一次。苦痛的代价，给我明白宗教的意味之广大，心田清凉甜蜜地，看世界如掌心底小珠。

近来我常常这样想：无论怎样也与我头脑不起关系的宗教，将来我会信它吗？或者会信：因为宗教是人生最后的归宿。

入寮以来，虽是每早晚要做礼拜，我心目中，不曾有一回有耶稣基督的印象，她们在诚心祷告时，我心上不知道想着些甚么花花彩彩。昨晚几十个可爱可怜的姊妹，一同做了点多钟的礼拜，我哩，变了一只悲哀的孤鹤，在惨淡的云间——她们的头上逍然飞舞。归室缝着寒衣，不知道怎么会起这种想头？若是换一个时间，我要自己尽量笑骂自己。然而我是严肃而虔敬的。

弟啊，我坚信我永远不会相信我所嘲笑的宗教；但不知不觉中，竟如上帝跑进我怀里了。这是为什么呢？为人生绝顶的悲哀。

“神啊，愿你诉我并特别地诉他！”我重重复复这么祈祷了。

“神啊，愿你给我认识一个永远的男性！恳愿你为世界创造些永远的男性！替我除却世上无永远的男性的大悲哀！”我恳切地祈愿了。

我常对我的妹妹说：世上没有可信的男子，我誓不再爱人了。她说：何不用金银定铸一个？

素

10.13朝

四

维弟：

爱的维，如果你也真的在爱我，你应该会感着我今天一天为你烦恼的心罢？

在爱的火开始燃烧的时候，即使怎样苦，也像蜜一样的甜。如能为你疯成真的狂人，我是怎样的幸福；只想为你死去呵！

爱弟，你所说的话我都能够谅察。你现在的心理状态，正如我今年正月的心理状态一样。我由一场的热病，把“死”本身愉快地烧死了。我觉得过去，悲哀，理性，现实界的一切，都在炎炎地燃烧着的净火中烧掉，而只剩着纯粹的血清在心里营着不可思议的作用，形成了现在这个无邪气的我的躯体。所以现在的我只是个小孩子，我对你的爱是天真的。

维弟，我的小朋友，好像天使般地和我交际罢！不然，我会哭，不断地哭。

不待说我最初对你的爱就觉得有点奇怪，但你不也是同样吗？可是明了地说起来，我们远是无邪气的爱的成分多几倍。

爱弟，我非爱你不可，非和你往来不可。你要尊重我的无邪气，不要把我无邪气的可爱的灵魂杀死！不要认我的爱单单是男女间的恋情。晓得吗？

我奇妙地接受了你的接吻。但那和小孩从慈爱的母亲所接受的一样，不是男女恋情的接吻。男女风情的接吻是远躲在很远很远的秘密世界的。因为你现在微弱的爱远弹不起我的心弦。但我的爱你是深深的，强烈的。你好像从星的世界飞落来探寻我的心一样。我看到你那水晶样的光明，越觉得寂寞，觉得无边的寂寞。不，我不爱了，决不爱你了。等得一二年，尸骸都要腐朽。你不知道过热爱的日子，一天要比三天长哩。在爱的上面没有理性，我无我地想服从你的命令，就是苦也服从；但，不，不行，服从不情理的命令是可笑的。

尝过种种苦痛的我，是不怕什么命运的，等，等，等几年几千万年的这种蠢念我不来。我生来是顽强，我要怎样就怎样，我还是任自己的心意行事罢。

维！愿你让我们的运命自然地轮转下去罢！

白薇

10.18

（选自《昨夜》，上海南强书局1933年版）

悼亡室黄靖贤夫人

梁漱溟

在我的夫人故后第三天，我凝敛心神，要写一篇悼亡的文章。因为白话文似较浅露，不如文言能做到深厚沉重的意境，于是就用文言来写。但卒以琐事牵扰，文言又比较费事，现在乃改用白话来写。想先将我和我夫人的感情关系，我夫人的为人，大略叙出，俾开吊时得以分给亲友看。

我夫人姓黄，原名婧，听说是她故去的大哥给她起的，民国十年与我订婚，我提议改用靖贤两字，就以此为定。她家是北平汉军旗籍人。二十八岁时和我结婚，时为民国十年，十一月十三日。二十四年八月二十日卒于山东邹平。得年四十二，跟着我共十四年。我尝为文讲中国伦理之义，有几句说："人必亲其所亲也。人互喜以所亲者之喜，其喜弥扬；人互悲以所亲者之悲，悲而不伤。外则相和答，内则相体念，心理共鸣，神形相依以为慰，斯所谓亲也。"（《中国民族自救运动之最后觉悟》）我自得靖贤，又生了两个孩子，所谓人伦室家之乐，家人父子之亲，颇认识这味道。现在靖贤一死，家像是破了，骤失所亲爱相依的人，呜呼！我怎能不痛呀！我怎能不痛呀！

起初我为倾慕佛家出世的道理，吃斋素，年近三十不娶。民国十年，作《东西文化及其哲学》之讲演后，始有意室家。友人伍庸伯先生（观淇）问我择妻的条件如何。我回答说：在年龄上，在容貌上，在家世上，在学识上，我全不计较，但愿得一宽和仁厚的人。不过，单是宽仁而缺乏超俗的意趣，似乎亦难与我为偶；有超俗的意趣，而魄力不足以副，这种人是不免要自苦的；所以宽仁超俗而有魄力者，是我所求。这自然不容易得，如果有天资大略近乎这样的，就是不识字亦没关系。伍先生面有喜色，说："你真能这样彻底吗？当真能够这样，那我现在想介绍的人，倒或者可以当意的。"于是他就介绍他夫人的胞妹给我，——就是靖贤。黄氏先世，作过旗籍武职，她的父亲，大哥，三哥故后，又以民国渐不发旗饷，家况甚苦。她没有什么求学的机会，不过粗识几个字。年纪已到二十八，还不曾说定人家。我平素极不喜旗人，当时对伍先生表示怀疑。伍先生说她没有“旗习”，他们亲戚两家合租一小房住，朝夕见面，他十分知道的。我又要求会面，先作朋友再订婚。伍先生说她家里守旧，恐怕做不到。但伍先生见我非会面不愿商量，终究设法介绍我在他家见一次面。她的衣履装饰，极不合时样，气度像个男子，同她的姐姐伍夫人站在一起，颜色比姐姐反见老大。凡女子可以引动男子之点，在她可说全没有。就在这匆匆一面后，我们便订了婚。

这婚订的这样容易，在我自己家里人和一般亲戚，都觉得诧异，而在我实经过了一番考虑。我第一想：我大概不会从交游女朋友中自己择婚的，势必靠旁人为我留意；旁人热心帮助我的，自亲兄妹以至远近长辈亲戚亦很多，但究不如相知的师友其眼光可以与我相合。我反问我自己，如果当真着重那些性情禀赋的条件，就必须信托师友；而朋友中伍先生所说的话，尤值得考量。第二我想：伍先生的话，在他自己是绝对真实的，我可以相信。他的观察力假令再有半数以上的可靠，那么，这女子便亦很有可取了。同时我想到，我先父假令在世，一定乐意这事。因为先父的脾气，每喜对于真有点价值可取的人，埋没风尘，众所不识者，特别识拔，扬举出来；他要主张我娶这女子，是可揣想得知的。第三我想到：我们那天会面时，伍先生当下径直点破见面为的议婚，而他则盼望我们一议而成，马上结婚，实在太唐突了这女子。如果婚姻不成事实，殊觉对不住她。于是就这样决定了。

既婚之后，渐觉得新妇不符合我的希望。她于妯娌姑嫂或其他人之间，仍不免以小事生气，至于气得心痛，不见有越过一般人的宽大气量。而妇女们好时髦装饰的心理，似亦不能完全超越过去，而无所计较。我慢慢觉悟我以前的要求，太涉理想，实是与妇女太少接触，缺乏经验。妇人天然是要心量比较狭窄的，妇人天然是多注意外表的（此理均另详），一例皆然，不能怪哪一个。又觉悟择妻只注意其天质一面，不注意后天条件，失之太偏；后天的读书为学，未尝不可扩充心量，变化气质。且如我好读书，用思想，而她读书太少，不会用思想，许多话都不会谈，两个人在意识上每每不接头，亦是不应该的，因此在婚后的十年内，彼此感情都不算顶好。大体在她对我先后差不多，总是爱惜照护；在我对她的感情，则好恶升降，多有转变不同；总是在一处，日子多了不免有怄气时，离开一阵又好一些。但一年一年亦趋于稳定。一面由日久我慢慢认识出她为人的长处，一面我亦改正了我自己不对的地方。不想到年纪越大，彼此爱情倒增加起来，在四十岁过后的两三年，是我们夫妇间顶好的时代。

靖贤的为人，在我心目中所认识的，似乎可用“刚爽”两个字来说她。见好于人，向人献殷勤，是她最不作的事。于平常人所贪慕的一切，她都很淡；像是没有什么是她想要的东西。在这两点上，我自省都不如她。说了话便算，打定了主意便不犹疑，遇事情有判断，说什么就干什么，亦是她的长处。她常常讨厌我反复，说了话不算，遇事没有准主意。我真是徘徊顾虑性最大的人。我常常胸中空洞无一定的意思，计虑周至，能看见正反两面的理，左右不同的路，一时倾向于此，一时倾向于彼，诚亦事所不免。这爽利与徘徊，几乎成了我们十几年每次起冲突的症结所在。然而靖贤的爽利，毕竟可爱呀！和刚爽相联的就是正直，少弯曲，坦白，干净，信实与信义等好处；我恒愧不如。

我虽受许多朋友的推崇奖掖，以至许多不曾见面的人或不熟识的人，过分推想我人格如何伟大；但在家里我夫人眼中看我，却并不高。她眼看我似乎是一个有夸大的志愿，而不甚踏实的一个人；虽说有心向善，向善心到底不强。她常常指摘我的毛病，除了上面所说好反复一点外，大概有三点是时常说到的。一点是我说话太狂夸，自视太高，自信太强，她极表示反对。一则认为这是没有理由可以承认的；一则认为这于个人德性是不很好的。一点是我做事待人不真忠厚，不过大体像忠厚罢了。还有一点是我永不认错，碰了钉子仍不回头，执拗不听人话。她指摘我的，都不算冤枉。说我不真忠厚，有时亦能说得我心服。惟有夸大与执拗，我虽无法否认，但无奈这两点似乎是我生命中的要素呢！（我相信这是从我的长处而来的流弊）从她对我的批评态度，见出她读书虽少，而胸中有义理境界；虽是妇人，而气概不凡。尤其是她说我不真忠厚，向善心到底不强两点，使我敬惮。

我们的感情的好转而稳定下来，就在我认识得她的长处，而肯定她的人格价值的时候。以前亦有很要好的时候，但似多从两性相互的需要上来，以及其他的彼此辅助照顾而来的好感；但总有一个使我们不好的因素在，所以总不稳定。这个原因，就是我未发见她的人格价值，意识隐微中有点不满，看见旁的异性有时生羡慕心。她的好处，是天生的，不从学问来；但非有学问的人不能认识她的好处。前些年我尚没有如今的眼光；而初婚几年，男女情欲重，家庭俗务多，种种琐碎的刺激牵忧，又遮蔽我的眼，还有择婚时不注意后天条件的后悔意思，为遮碍不小。及到遮蔽渐去，我自己亦有点长进，对她的人格价值，暗暗点头，感到满足，反而觉得只有她配做我的妻子，不知怎的，从前对她女性的羡慕心，以至好色冲动，仿佛都没有了，心理改归纯正，只有一片好意对她，非常单纯。这时她感觉到我待她和以前不同，曾痛哭过一次（似在民国廿一年或廿二年），责数我以前待她的不对，像是多年积闷，为之一吐。在这里我真是负着非常的愧歉呀！如果她不死，我还可以补赎；她死了，我怎能补赎呢！呜呼！

所以最近两年，是我们最好的时候；也许到了最好的时候，就是要分离的征兆。然而在最好的时候分离开我们，我怎能不痛呀！呜呼！天哪！

她这次的死，亦是我对不住她。她从民国十九年冬间，廿年春间，连续两度小产之后，身体亏弱万分，曾表示不要再生产，我亦同意，因此有三年多不曾怀孕。不料去年身体渐好，未免大意。我戏言：我们有两个男孩，本已满足；但我更希望得一小女儿，到我年老时侍候我。于是有这次的怀孕。怀孕又是难产，西医说是“前置胎盘”，最不好办的，卒以不救。呜呼！这不是我害的吗！

除了上面所说歉罪处之外，我最大的愧歉，是以她这样天生的好质地，而十几年间未能领她作一点学养工夫。将日子都空过了！将好质地都白费了！这真是我对不住她之大者！

我转回来想，在天安排我两人的关系上，亦许靖贤是纯粹落在牺牲地位以成全我的吧！她最先成全我的，是到我年近三十才来我家，给我很大的机会为思想上创造努力（不必多，假令早结婚三五年，《东西文化及其哲学》未必能成）。婚后的十四年间，使我借以了解人生，体会人生。并从她的勤俭，得以过着极简易的生活，俾我在社会上能进退自如，不用讨钱养家，而专心干我的社会运动。在这中国问题极度严重的时际，她又早早离开我，给我以爽利的身子，容我以全副的精神，对付大局问题，为社会服务。——我此后决不续娶，不在纪念她的恩义，表见我的忠贞；而在不应该糟蹋她留给我的这个机会。我将有以用我这机会，改变我的生活。所以我今后为社会的努力，任何一分的努力，我将使知交诸友都认识这是出于我靖贤的成全。这或者是我于万分对不住靖贤之中，求得一个补赎的路吧！

荼蘼

许地山

我常得着男子送给我的东西，总没有当他们做宝贝看。我的朋友师松却不如此，因为她从不曾受过男子的赠与。

自鸣钟敲过四下以后，山上礼拜寺的聚会就完了。男男女女像出圈的羊，争要下到山坡觅食一般。那边有一个男学生跟着我们走，他的正名字我忘记了，我只记得人家都叫他做“宗之”。他手里拿着一枝荼蘼，且行且嗅。荼蘼本不是香花，他嗅着，不过是一种无聊举动便了。

“松姑娘，这枝荼蘼送给你。”他在我们后面嚷着。松姑娘回头看见他满脸堆着笑容递着那花，就速速伸手去接。她接着说：“很多谢，很多谢。”宗之只笑着点点头，随即从西边的山径转回家去。

“他给我这个，是什么意思？”

“你想他有什么意思，他就有什么意思。”我这样回答她。走不多远，我们也分途各自家去了。

她自下午到晚上不歇把弄那枝荼蘼。那花像有极大的魔力，不让她撒手一样。她要放下时，每觉得花儿对她说：“为什么离夺我？我不是从宗之手里递给你，交你照管的吗？”

呀，宗之的眼、鼻、口、齿、手、足、动作，没有一件不在花心跳跃着，没有一件不在她眼前的花枝显现出来！她心里说：“你这美男子，为甚缘故送给我这花儿？”她又想起那天经坛上的讲章，就自己回答说：“因为他顾念他使女的卑微，从今而后，万代要称我为有福。”

这是她爱荼蘼花，还是宗之爱她呢？我也说不清，只记得有一天我和宗之正坐在榕树根谈话的时候，他家的人跑来对他说："松姑娘吃了一朵什么花，说是你给她的，现在病了。她家的人要找你去问话咧。"

他吓了一跳，也摸不着头脑，只说："我哪时节给她东西吃？这真是……"

我说："你细想一想。"他怎么也想不起来。我才提醒他说："你前个月在斜道上不是给了她一朵荼蘼吗？"

"对呀，可不是给了她一朵荼蘼！可是我哪里教她吃了呢？"

"为什么你单给她，不给别人？"我这样问他。

他很直截地说："我并没有什么意思，不过随手摘下，随手送给别人就是了。我平素送了许多东西给人，也没有什么事；怎么一朵小小的荼蘼就可使她着了魔？"

他还坐在那里沉吟，我便促他说："你还能在这里坐着么？不管她是误会，你是有意，你既然给了她，现在就得去看她一看才是。"

“我哪有什么意思？”

我说：“你且去看看罢。蚌蛤何尝立志要生珠子呢？也不过是外间的沙粒偶然渗入他的壳里，他就不得不用尽工夫分泌些粘液把那小沙裹起来罢了。你虽无心，可是你的花一到她手里，管保她不因花而爱起你来吗？你敢保她不把那花当做你所赐给爱的标识，就纳入她的怀中，用心里无限的情思把他围绕得非常严密吗？也许她本无心，但因你那美意的沙无意中掉在她爱的贝壳里，使她不得不如此。不用踌躇了，且去看看罢。”

宗之这才站起来，皱一皱他那副冷静的脸庞，跟着来人从林菁的深处走出去了。

你为什么不来

许地山

在夭桃开透、浓阴欲成的时候，谁不想伴着他心爱的人出去游逛游逛呢？在密云不飞，急雨如注的时候，谁不愿在深闺中等她心爱的人前来细谈呢？

她闷坐在一张睡椅上，紊乱的心思像窗外的雨点——东抛，西织，来回无定。在有意无意之间，又顺手拿起一把九连环慵懒懒地解着。

丫头进来说："小姐，茶点都预备好了。"

她手里还是慵懒懒地解着，口里却发出似答非答的声："……他为什么还不来？"

除窗外的雨声，和她手中轻微的银环声以外，屋里可算静极了！在这幽静的屋里，忽然从窗外伴着雨声送来几句优美的歌曲：

你放声哭，
因为我把林中善鸣的鸟笼住么？
你飞不动，
因为我把空中的雁射杀么？
你不敢进我的门，
因为我家养狗提防客人么？
因为我家养猫捕鼠，
你就不来么？
因为我的灯火没有笼罩，
烧死许多美丽的昆虫
你就不来么？
你不肯来，
因为我有……？

“有什么呢？”她听到末了这句，那紊乱的心就发出这样的问。她心中接着想：因为我约你，所以你不肯来；还是因为大雨，使你不能来呢？

我的婚姻

林语堂

我以前提过我爱我们坂仔村里的赖柏英。小时候儿，我们一齐捉鲦鱼，捉螯虾。我记得她蹲在小溪里等着蝴蝶落在她的头发上，然后轻轻的走开，居然不会把蝴蝶惊走。我们长大之后，她看见我从上海圣约翰大学返回故乡。我们俩都认为我俩相配非常理想。她的母亲是我母亲的教女。她已经成长，有点儿偏瘦，所以我们叫她“橄榄”。橄榄是个遇事自作主张的女孩子，生的鹅脸蛋儿，目似沉思状。我是急切于追求新知识，而她则坚持要孝顺祖父，这位祖父双目失明，需要她伺候，片刻不能离。她知道在漳州我家什么都有，最好的水果、角、瓜，美丽迷人的山。后来，长衫儿流行了，我姐姐曾经看见她穿着时兴的衣裳，非常讨人喜欢。我记得她平常做事时总是穿黑色的衣裳，到了礼拜天，她穿浅蓝的，看来好迷人。她祖父眼睛没瞎时，她总是早晨出去，在一夜落雨之后去看看稻田里的水有多么深。我们俩彼此十分相爱。她对我的爱非常纯正，并不是贪图什么，但是我俩终因情况所迫，不得已而分离。后来，我远到北京，她嫁了坂仔本地的一个商人。

我这个青年，家虽贫，而我自己则大有前途，我妻子则是个富有银行家之女。她比起我来，是高高在上的。幸而她不是在富有之家娇纵抚养之下长大的。依照旧传统，女孩子是为男子的需要而教养的；女孩子要学会烹饪、洗衣裳、缝纫，事实上，要教养她能做普通的家事，以便长大后嫁到丈夫家有过日子的本领。除去偶尔的拜神祭祀到坟茔寺庙之外，她们是不到前院，不在大庭广众之间出现的。对女孩子的这种歧视，造成一个显著的结果，就是使她们成了贤妻良母，而男孩子则娇生惯养，纵容坏了，结果，缺乏进取奋斗的意志，很少有什么成就。

我从上海圣约翰大学回家之后，常到一个至交的家里，因为我非常爱这个朋友的妹妹C。他们家后与我的妻子家是邻居。我也与后来成为我妻子的那位小姐的哥哥相交甚善。我应邀到他们家去吃饭。在吃饭之时，我知道有一双眼睛在某处向我张望。后来我妻子告诉我，当时她是在数我吃几碗饭。另外我知道的，我路途中穿的那脏衬衣是拿到她家去洗的。却从没求人把我向她介绍过。

在大学二年级时，我曾接着三次走上礼堂的讲台去领三种奖章，这件事曾在圣约翰大学和圣玛丽女校传为美谈。那时我这位将来的妻子还没进圣玛丽，但是一定听见人说这件事。我由上海回家后，正和那同学的妹妹C相恋，她生得确是奇美无比，但是我俩的相爱终归无用，因为我这位女友的父亲正打算从一个有名望之家为他女儿物色一个金龟婿，而且当时即将成功了。在那种时代，男女的婚姻是由父母之命媒妁之言决定的。我们结婚之后，我一直记得，每逢我们提到当年婚事的经过，我的妻子就那样得意地吃吃而笑。我们的孩子们都知道。我妻子当年没有身在上海，但是同意嫁给我，这件事一直使她少年的芳心觉得安慰高兴。她母亲向她说："语堂是个牧师的儿子，但是家里没有钱。"她坚定而得意地回答说："穷有什么关系？"我姐姐在学校认得她，曾经告诉我她将来必然是个极贤德的妻子，我深表同意。

我知道不能娶C小姐时，真是痛苦万分。我回家时，面带凄苦状，姐姐们都明白。夜静更深，母亲手提灯笼到我屋里，问我心里有什么事如此难过。我立刻哭得瘫软下来。哭得好可怜。因为C小姐的父亲把她嫁与别人，我知道事情已经无望，我母亲也知道。

我的婚礼是在民国八年，蜜月是到哈佛去旅行的。婚礼是在一个英国的圣公会举行的。

我要到新娘家去“迎亲”，依照风俗应当如此。新娘家端上龙眼茶来，原是作为象征之用，但是我全都吃了下去。举行婚礼时，我和伴郎谈笑甚欢，因为婚礼也不过是个形式而已。为了表示我对婚礼的轻视，后来在上海时，我取得妻子的同意，把婚书付之一炬。我说：“把婚书烧了吧，因为婚书只是离婚时才用得着。”诚然！诚然！

我必须把新婚前夜的情形说出来。新婚的前夜，我要我母亲和我同睡。我和母亲极为亲密。那是我能与母亲同睡的最后一夜。我有一个习惯玩母亲的奶，一直玩到十岁。就因为有那种无法言明的愿望，我才愿睡在她身边。那时我还是个处男。

我们的孩子们说过好多次：“天下再没有像爸爸妈妈那么不相同的。”妻是外向的，我却是内向的，我好比一个气球，她就是沉重的坠头儿，我们就这么互相恭维。气球无坠头儿而乱飘，会招致灾祸。她做事井井有条，郑重其事，衣裳穿着整齐，一切规规矩矩。吃饭时，她总拣切得周正的肉块吃，如鸡胸或鸡腿，她避免吃鸡肫鸡肝儿。我总是爱吃翅膀儿，鸡肫，鸡脖子，凡是讲究吃的人爱吃的东西，我都喜欢吃。我是没有一刻安静，遇事乐观，对人生是采取游戏人间的态度。一切约束限制的东西我都恨，诸如领带，裤腰带，鞋带儿。

妻是水命，水是包容万有，惠及人群的；我是金命，对什么事都伤害克损。

换句话说，我和太太的婚姻是旧式的，是由父母认真挑选的。这种婚姻的特点，是爱情由结婚才开始，是以婚姻为基础而发展的。我们年龄越大，越知道珍惜值得珍惜的东西。由男女之差异而互相补足，所生的快乐幸福，只有任凭自然了。在年轻时同共艰苦患难，会一直留在心中，一生不忘。她多次牺牲自己，做断然之决定，都是为了我们那个家的利益。

在结婚五十周年纪念时，我送给她一枚勋章，上面刻了James Whitcomb Riley的那首《老情人》（An Old Sweetheart）：

When I should be her lover for ever and a day,

And she my faithful

Sweetheart till her golden hair was gray,

And we should be so happy

When either's lips were dumb,

They would not smile in heaven till other's kiss had come.

同心相牵挂，一缕情依依。

岁月如梭逝，银丝鬓已稀。

幽冥倘异路，仙府应凄凄。

若欲开口笑，除非相见时。

我出国时，我们已经走上轮船的跳板，这时父亲送我们的那种景象，我始终不能忘记。父亲对我们双目凝视，面带悲伤。他的心思似乎是："现在我送你们俩到美国去，也许此生难以再见。我把儿子交托这个做媳妇的。她会细心照顾你。"

我后来在德国莱比锡城听到父亲去世的消息。

恋爱和求婚

林语堂

有一个问题可以发生：中国女子既属遮掩深藏，则恋爱的罗曼斯如何还会有实现的可能？或则可以这样问：年轻人的天生的爱情，怎么样儿的受经典的传统观念的影响？在年轻人，罗曼斯和恋爱差不多是寰宇类同的，不过由于社会传统的结果，彼此心理的反应便不同。无论妇女怎样遮掩，经典教训却从来未逐出爱神。恋爱的性质容貌或许可以变更，因为恋爱是情感的流露，本质上控制着感觉，它可以成为内心的微鸣。文明有时可以变换恋爱的形式，但也绝不能抑制它。“爱”永久存在着，不过偶尔所蒙受的形象，由于社会与教育背景之不同而变更。“爱”可以从珠帘而透入，它充满于后花园的空气中，它拽撞着小姑娘的心坎。或许因为还缺少一个爱人的慰藉，她不知道什么东西在她心头总是烦恼着她。或许她倒并未看中任何一个男子，但是她总觉得恋爱着男子，因为她是爱着男子，故而爱着生命。这使她更精细的从事刺绣而幻化的觉得好象她正跟这一幅虹彩色的刺绣恋爱着，这是一个象征的生命，这生命在她看来是那么美丽。大概她正绣着一对鸳鸯，绣在送给一个爱人的枕套上，这种鸳鸯总是同栖同宿，同游同泊，其一为雌，其一为雄。倘若她沉浸于幻想太厉害，她便易于绣错了针脚，重新绣来，还是非错误不可。她很费力的拉着丝线，紧紧地，涩涩地，真是太滞手，有时丝线又滑脱了针眼。她咬紧了她的樱唇而觉得烦恼，她沉浸于爱的波涛中。

这种烦恼的感觉，其对象是很模糊的，真不知所烦恼的是什么；或许所烦恼的是在于春，或在于花，这种突然的重压的身世孤寂之感，是一个小姑娘的爱苗成熟的天然信号。由于社会与社会习俗的压迫，小姑娘们不得不竭力掩盖住她们的这种模糊而有力的愿望，而她们的潜意识的年轻的幻梦总是永续的行进着。可是婚前的恋爱在古时中国是一个禁果，公开求爱真是事无前例，而姑娘们又知道恋爱便是痛苦。因此她们不敢让自己的思索太放纵于“春”“花”“蝶”这一类诗中的爱的象征，而假如她受了教育，也不能让她多费工夫于诗，否则她的情愫恐怕会太受震动。她常忙碌于家常琐碎以卫护她的感情之圣洁，譬如稚嫩的花朵之保护自身，避免狂蜂浪蝶之在未成熟时候的侵袭。她愿意静静地守候以待时机之来临，那时恋爱变成合法，而用结婚的仪式来完成正当的手续。谁能逃避纠结的情欲的便是幸福的人。但是不管一切人类的约束，天性有时还是占了优势。因为像世上的一切禁果，两性吸引力的锐敏性，机会以尤少而尤高。这是造物的调剂妙用。照中国人的学理，闺女一旦分了心，什么事情都将不复关心。这差不多是中国人把妇女遮掩起来的普遍心理背景。

小姑娘虽则深深遮隐于闺房之内，她通常对于本地景况相差不远的可婚青年，所知也颇为熟悉，因而私心常能窃下主意，孰为可许，孰不惬意。倘因偶然的机会她遇到了私心默许的少年，纵然仅仅是一度眉来眼去，她已大半陷于迷惑，而她的那一颗素来引以为自傲的心儿，从此不复安宁。于是一个秘密求爱的时期开始了。不管这种求爱一旦泄露即为羞辱，且常因而自杀；不管她明知这样的行为会侮蔑道德规律，并将受到社会上猛烈的非难，她还是大胆的去私会她的爱人。

而且恋爱总能找出进行的路径的。

在这两性的疯狂样的互相吸引过程中，那真很难说究属男的挑动女的，抑是女的挑动男的。小姑娘有许多机敏而巧妙的方法可以使人知道她的临场。其中最无罪的方法为在屏风下面露出她的红绫鞋儿。另一方法为夕阳斜照时站立游廊之下。另一方法为偶尔露其粉颊于桃花丛中。另一方法为灯节晚上观灯。另一方法为弹琴（古时的七弦琴），让隔壁少年听她的琴挑。另一方法为请求她的弟弟的教师润改诗句，而利用天真的弟弟权充青鸟使者，暗通消息；这位教师倘属多情少年，便欣然和一首小诗。另有多种交通方法为利用红娘（狡黠使女）；利用同情之姑嫂；利用厨子的妻子；也可以利用尼姑。倘两方面都动了情，总可以想法来一次幽会。这样的秘密聚会是极端不健全的；年轻的姑娘绝不知道怎样保护自身于一刹那；而爱神，本来怀恨放浪的卖弄风情的行为，乃挟其仇雠之心以俱来。爱河多涛，恨海难填，此固为多数中国爱情小说所欲描写者。她或许竟怀了孕！其后随之以一，热情的求爱与私通时期，软绵绵的，辣泼泼的，情不自禁，却就因为那是偷偷摸摸的勾当，尤其觉得可爱可贵，惜乎，通常此等幸福，终属不耐久啊！

在这种场合，甚么事情都可以发生。少年或小姑娘或许会拂乎本人的意志而与第三者缔婚，这个姑娘既已丧失了贞操，那该是何等悔恨。或则那少年应试及第，被显宦大族看中了，强制的把女儿配给他，于是他娶了另一位夫人。或则少年的家族或女子的家族阖第迁徙到遥远的地方，彼此终身不得复谋一面。或则那少年一时寓居海外，并无意背约，可是中间发生了战事，因而形成无期的延宕。至于小姑娘困守深闺，则只有烦闷与孤零的悲郁。倘若这个姑娘真是多情种子，她是患一场重重的想思病（想思病在中国爱情小说中真是异样的普遍），她的眼神与光彩的消失，真是急坏了爹娘，爹娘鉴于眼前的危急情形，少不得追根究底问个清楚，终至依了她的愿望而成全了这桩婚事，俾挽救女儿的生命，以后两口儿过着幸福的一生。

“爱”在中国人的思想中因而与涕泪、惨愁，与孤寂相揉和，而女性遮掩的结果，在中国一切诗中，掺进了凄惋悲忧的调子。唐以后，许许多多情歌都是含着孤零消极无限的悲伤，诗的题旨常为闺怨，为弃妇，这两个题目好象是诗人们特别爱写的题目。

符合于通常对人生的消极态度，中国的恋爱诗歌吟咏别恨离愁，无限凄凉，夕阳雨夜，空闺幽怨，秋扇见捐，暮春花萎，烛泪风悲，残枝落叶，玉容憔悴，揽镜自伤。这种风格，可以拿林黛玉临死前，当她得悉了宝玉与宝钗订婚的消息所吟的一首小诗为典型，字里行间，充满着不可磨灭的悲哀：

侬今葬花人笑痴，

他年葬侬知是谁？

但有时这种姑娘运气好，也可以成为贤妻良母。中国的戏曲，故通常都殿以这样的煞尾：“愿天下有情人都成眷属。”

水样的春愁

郁达夫

洋学堂里的特殊科目之一，自然是伊利哇拉的英文。现在回想起来，虽不免有点觉得好笑，但在当时，杂在各年长的同学当中，和他们一样地曲着背，耸着肩，摇摆着身体，用了读《古文辞类纂》的腔调，高声朗诵着皮衣啤，皮哀排的精神，却真是一点儿含糊苟且之处都没有的。初学会写字母之后，大家所急于想一试的，是自己的名字的外国写法；于是教英文的先生，在课余之暇就又多了一门专为学生拼英文名字的工作。有几位想走捷径的同学，并且还去问过先生，外国百家姓和外国三字经有没有得买的？先生笑着回答说，外国百家姓和三字经，就只有你们在读的那一本泼刺玛的时候，同学们于失望之余，反更是皮哀排，皮衣啤地叫得起劲。当然是不用说的，学英文还没有到一个礼拜，几本当教科书用的《十三经注疏》，《御批通鉴辑览》的黄封面上，大家都各自用墨水笔题上了英文拼的歪斜的名字。又进一步，便是用了异样的发音，操英文说着“你是一只狗”，“我是你的父亲”之类的话，大家互讨便宜的混战；而实际上，有几位乡下的同学，却已经真的是两三个小孩子的父亲了。

因为一班之中，我的年龄算最小，所以自修室里，当监课的先生走后，另外的同学们在密语着哄笑着的关于男女的问题，我简直一点儿也感不到兴趣。从性知识发育落后的一点上说，我确不得不承认自己是一个最低能的人。又因自小就习于孤独，困于家境的结果，怕羞的心，畏缩的性，更使我的胆量，变得异常的小。在课堂上，坐在我左边的一位同学，年纪只比我大了一岁，他家里有几位相貌长得和他一样美的姊妹，并且住得也和学堂很近很近。因此，在校里，他就是被同学们苦缠得最厉害的一个；而礼拜天或假日，他的家里，就成了同学们的聚集的地方。当课余之暇，或放假期里，他原也恳切地邀过我几次，邀我上他家里去玩去；但形秽之感，终于把我的向往之心压住，曾有好几次想决心跟了他上他家去，可是到了他们的门口，却又同罪犯似的逃了。他以他的美貌，以他的财富和姊妹，不但在学堂里博得了绝大的声势，就是在我们那小小的县城里，也赢得了一般的好誉。而尤其使我羡慕的，是他的那一种对同我们是同年辈的异性们的周旋才略，当时我们县城里的几位相貌比较艳丽一点的女性，个个是和他要好的，但他也实在真胆大，真会取巧。

当时同我们在同年辈的女性，装饰入时，态度豁达，为大家所称道的，有三个。一个是一位在上海开店，富甲一邑的商人赵某的侄女；她住得和我最近。还有两个，也是比较富有的中产人家的女儿，在交通不便的当时，已经各跟了她们家里的亲威，到杭州上海等地方去跑跑了；她们俩，却都是我那位同学的邻居。这三个女性的门前，当傍晚的时候，或月明的中夜，老有一个一个的黑影在徘徊；这些黑影的当中，有不少却是我们的同学。因为每到礼拜一的早晨，没有上课之先，我老听见有同学们在操场上笑说在一道，并且时时还高声地用着英文作了隐语，如“我看见她了！”“我听见她在读书”之类。而无论在什么地方于什么时候的凡关于这一类的谈话的中心人物，总是课堂上坐在我的左边，年龄只比我大一岁的那一位天之骄子。

赵家的那位少女，皮色实在细白不过，脸形是瓜子脸；更因为她家里有了几个钱，而又时常上上海她叔父那里去走动的缘故，衣服式样的新异，自然可以不必说，就是做衣服的材料之类，也都是当时未开通的我们所不曾见过的。她们家里，只有一位寡母和一个年轻的女仆，而住的房子却很大很大。门前是一排柳树，柳树下还杂种着些鲜花；对面的一带红墙，是学宫的泮水围墙，泮池上的大树，枝叶垂到了墙外，红绿便映成着一色。当浓春将过，首夏初来的春三四月，脚踏着日光下石砌路上的树影，手捉着扑面飞舞的杨花，到这一条路上去走走，就是没有什么另外的奢望，也很有点像梦里的游行，更何况楼头窗里，时常会有那一张少女的粉脸出来向你抛一眼两眼的低眉斜视呢！

此外的两个女性，相貌更是完整，衣饰也尽够美丽，并且因为她俩的住址接近，出来总在一道，平时在家，也老在一处，所以胆子也大，认识的人也多。她们在二十余年前的当时，已经是开放得很，有点像现代的自由女子了，因而上她们家里去鬼混，或到她们门前去守望的青年，数目特别的多，种类也自然要杂。

我虽则胆量很小，性知识完全没有，并且也有点过分的矜持，以为成日地和女孩子们混在一道，是读书人的大耻，是没出息的行为；但到底还是一个亚当的后裔，喉头的苹果，怎么也吐它不出咽它不下，同北方厚雪地下的细草萌芽一样，到得冬来，自然也难免得有些望春之意；老实说将出来，我偶尔在路上遇见她们中间的无论哪一个，或凑巧在她们门前走过一次的时候，心里也着实有点儿难受。

住在我那同学邻近的两位，因为距离的关系，更因为她们的处世知识比我长进，人生经验比我老成得多，和我那位同学当然是早已有过纠葛，就是和许多不是学生的青年男子，也各已有了种种的风说，对于我虽像是一种含有毒法的妖艳的花，诱惑性或许格外的强烈，但明知我自己决不是她们的对手，平时不过于遇见的时候有点难以为情的样子，此外倒也没有什么了不得的思慕，可是那一位赵家的少女，却整整地恼乱了我两年的童心。

我和她的住处比较得近，故而三日两头，总有着见面的机会。见面的时候，她或许是无心，只同对于其他的同年辈的男孩子打招呼一样，对我微笑一下，点一点头，但在我却感到同犯了大罪被人发觉了的样子，和她见面一次，马上要变得头昏耳热，胸腔里的一颗心突突地总有半个钟头好跳。因此，我上学去或下课回来，以及平时在家或出外去的时候，总无时无刻不在留心，想避去和她的相见。但遇到了她，等她走过去后，或用功用得很疲乏把眼睛从书本子举起的一瞬间，心里又老在盼望，盼望着她能再来一次，再上我的眼面前来立着对我微笑一脸。

有时候从家中进出的人的口里传来，听说“她和她母亲又上上海去了，不知要什么时候回来？”我心里会同时感到一种像释重负又像失去了什么似的忧虑，生怕她从此一去，将永久地不回来了。

同芭蕉叶似地重重包裹着的我这一颗无邪的心，不知在什么地方，透露了消息，终于被课堂上坐在我左边的那位同学看穿了。一个礼拜六的下午，落课之后，他轻轻地拉着我的手对我说："今天下午，赵家的那个小丫头，要上倩儿家去，你愿不愿意和我同去一道玩儿？"这里所说的倩儿，就是那两位他邻居的女孩子之中的一个的名字。我听了他的这一句密语，立时就涨红了脸，喘急了气，嗫嚅着说不出一句话来回答他，尽在拼命的摇头，表示我不愿意去，同时眼睛里也水汪汪地想哭出来的样子；而他却似乎已经看破了我的隐衷，得着了我的同意似地用强力把我拖出了校门。

到了倩儿她们的门口，当然又是一番争执，但经他大声的一喊，门里的三个女孩，却同时笑着跑出来了；已经到了她们的面前，我也没有什么别的办法了，自然只好俯着首，红着脸，同被绑赴刑场的死刑囚似地跟她们到了室内。经我那位同学带了滑稽的声调将如何把我拖来的情节说了一遍之后，她们接着就是一阵大笑。我心里有点气起来了，以为她们和他在侮辱我，所以于羞愧之上，又加了一层怒意。但是奇怪得很，两只脚却软落来了，心里虽在想一溜跑走，而腿神经终于不听命令。跟她们再到客房里去坐下，看他们四人捏起了骨牌，我连想跑的心思也早已忘掉，坐将在我那位同学的背后，眼睛虽则时时在注视着牌，但间或得着机会，也着实向她们的脸部偷看了许多次数。等她们的输赢赌完，一餐东道的夜饭吃过，我也居然和她们伴熟，有说有笑了。临走的时候，倩儿的母亲还派了我一个差使，点上灯笼，要我把赵家的女孩送回家去。自从这一回后，我也居然入了我那同学的伙，不时上赵家和另外的两女孩家去进出了；可是生来胆小，又加以毕业考试的将次到来，我的和她们的来往，终没有像我那位同学似的繁密。

正当我十四岁的那一年春天（一九〇九，宣统元年己酉），是旧历正月十三的晚上，学堂里于白天给与了我以毕业文凭及增生执照之后，就在大厅上摆起了五桌送别毕业生的酒宴。这一晚的月亮好得很，天气也温暖得像二三月的样子。满城的爆竹，是在庆祝新年的上灯佳节，我于喝了几杯酒后，心里也感到了一种不能抑制的欢欣。出了校门，踏着月亮，我的双脚，便自然而然地走向了赵家。她们的女仆陪她母亲上街去买蜡烛、水果等过元宵的物品去了，推门进去，我只见她一个人拖着一条长长的辫子，坐在大厅上的桌子边上洋灯底下练习写字。听见了我的脚步声音，她头也不朝转来，只漫声地问了一声“是谁？”我故意屏着声，提着脚，轻轻地走上了她的背后，一使劲一口就把她面前的那盏洋灯吹灭了。月光如潮水似地浸满了这一座朝南的大厅，她于一声高叫之后，马上就把头朝了转来。我在月光里看见了她那张大理石似的嫩脸，和黑水晶似的眼睛，觉得怎么也熬忍不住了，顺势就伸出了两只手去，捏住了她的手臂。两人的中间，她也不发一语，我也并无一言，她是扭转了身坐着，我是向她立着的。她只微笑着看看我看看月亮，我也只微笑着看看她看看中庭的空处，虽然此外的动作，轻薄的邪念，明显的表示，一点儿也没有，但不晓怎样一股满足，深沉，陶醉的感觉，竟同四周的月光一样，包满了我的全身。

两人这样的在月光里沉默着相对，不知过了多久，终于她轻轻地开始说话了："今晚上你在喝酒？""是的，是在学堂里喝的。"到这里我才放开了两手，向她边上的一张椅子里坐了下去。"明天你就要上杭州去考中学去么？"停了一会，她又轻轻地问了一声。"嗳，是的，明朝坐快班船去。"两人又沉默着，不知坐了几多时候，忽听见门外头她母亲和女仆说话的声音渐渐儿的近了，她于是就忙着立起来擦洋火，点上了洋灯。

她母亲进到了厅上，放下了买来的物品，先向我说了些道贺的话，我也告诉了她，明天将离开故乡到杭州去；谈不上半点钟的闲话，我就匆匆告辞出来了。在柳树影里披了月光走回家来，我一边回味着刚才在月光里和她两人相对时的沉醉似的恍惚，一边在心的底里，忽儿又感到了一点极淡极淡，同水一样的春愁。

给陆小曼的一封信

徐志摩

小曼：

这实在是太惨了，怎叫我爱你的不难受？假如你这番深沈的冤曲有人写成了小说故事，一定可使千百个同情的读者滴泪，何况今天我处在这最尴尬最难堪的地位，怎禁得不咬牙切齿的恨，肝肠迸裂的痛心呢？真的太惨了，我的乖，你前生作的是什么孽，今生要你来受这样残酷的报应？无端折断一枝花，尚且是残忍的行为，何况这生生的糟蹋一个最美、最纯洁、最可爱的灵魂。真是太难了，你的四围全是铜墙铁壁，你便有翅膀也难飞，咳，眼看着一只洁白美丽的稚羊让那满面横肉的屠夫擎着利刀向着她刀刀见血的蹂躏谋杀——旁边站着不少的看客，那羊主人也许在内，不但不动怜惜，反而称赞屠夫的手段，好像他们都挂着馋涎想分尝美味的羊羔哪！咳，这简直的不能想，实有的与想像的悲惨的故事我亦闻见过不少，但我爱，你现在所身受的却是谁都不曾想到过，更有谁有胆量来写？我倒劝你早些看哈代那本Jude The Obscnre吧，那书里的女子Sue你一定很可同情她，哈代写的结果叫人不忍卒读，但你得明白作者的意思，将来有机会我对你细讲。

咳，我真不知道你申冤的日子在那一天！实在是没有一个人能明白你，不明白也算了，一班人还来绝对的冤你，阿呸，狗屁的礼教，狗屁的家庭，狗屁的社会，去你们的，青天里白白的出太阳，这群人血管的水全是冰凉的！我现在可以放怀的对你说，我腔子里一天还有热血，你就一天有我的同情与帮助；我大胆的承受你的爱，珍重你的爱，永保你的爱，我如其凭爱的恩惠还能从我性灵里放射出一丝一缕的光亮，这光亮全是你的，你尽量用吧！假如你能在我的人格思想里发现有些许的滋养与温暖，这也全是你的，你尽量使吧！最初我听见人家诬蔑你的时候，我就热烈的对他们宣言，我说你们听着，先前我不认识她，我没有权利替她说话，现在我认识了她，我绝对的替她辩护，我敢说如其女人的心曾经有过纯洁的，她的就是一个。现在更进一层了，你听着这分别，先前我自己仿佛站得高些，我的眼是往下望的，那时我怜你惜你疼你的感情是斜着下来到你身上的，渐渐的我觉得我的看法不对，我不应该站得比你高些，我只能平看着你。我站在你的正对面，我的泪丝的光芒与你的泪丝的光芒针对的交换着，你的灵性渐渐的化入了我的，我也与你一样觉悟了一个新来的影响，在我的人格中四布的贯彻；——现在我连平视都不敢了，我从你的苦恼与悲惨的情感里憬悟了你的高洁的灵魂的真际，这是上帝神光的反映，我自己不由的低降了下去，现在我只能仰着头献给你我有限的真情与真爱，声明我的惊讶与赞美。不错，勇敢，胆量，怕什么？前途当然是有光亮的，没有也得叫他有。一个灵魂有时可以到最黑暗的地狱里去游行，但一点神灵的光亮却永远在灵魂本身的中心点着——况且你不是确信你已经找着了你的真归宿，真想望，实现了你的梦？来，让这伟大的灵魂的结合毁灭一切的阻碍，创造一切的价值，往前走吧，再也不必迟疑！

你要告诉我什么，尽量的告诉我，像一条河流似的尽量把他的积聚交给无边的大海，像一朵高爽的葵花，对着和暖的阳光一瓣瓣的展露她的秘密。你要我的安慰，你当然有我的安慰，只要我有我能给；你要什么有什么，我只要你做到你自己说的一句话——"Fight On"，即使运命叫你在得到最后胜利之前碰着了不可躲避的死，我的爱，那时你就死，因为死就是成功，就是胜利。一切有我在，一切有爱在。同时你努力的方向得自己认清，再不容丝毫的含糊，让步牺牲是有的，但什么事都有个限度，有个止境；你这样一朵希有的奇葩，决不是为一对不明白的父母，一个不了解的丈夫牺牲来的。你对上帝负有责任，你对自己负有责任，尤其你对于你新发现的爱负有责任，你已往的牺牲已经足够，你再不能轻易糟蹋一分半分的黄金光阴。人间的关系是相对的，应职也有个道理，灵魂是要救度的，肉体也不能永远让人家侮辱蹂躏，因为就是肉体也是含有灵性的。

总之一句话：时候已经到了，你得Assert your ownper soality。你的心肠太软，这是你一辈子吃亏的原因，但以后可再不能过分的含糊了，因为灵与肉实在是不能绝对分家的，要不然Nora何必一定得抛弃她的家，永别她的儿女，重新投入渺茫的世界里去？她为的就是她自己人格与性灵的尊严，侮辱与蹂躏是不应得容许的。且不忙慢慢的来，不必悲观，不必厌世，只要你抱定主意往前走，决不会走过头，前面有人等着你。

我对于恋爱的主张

庐隐

在我过去的作品上，有人称我为描写男女恋爱专家——这种头衔我虽受之有愧，然而也不想推辞，本来世界上最大的问题，也不过男女的恋爱而已，希腊大诗人荷马所歌咏的长诗《依利德》，也是以恋爱为背景。拿破仑一世英雄，他不能免掉恋爱。楚霸王纵横于千军万马中，忘不了虞姬。他如周瑜、孙权，在他们那慷慨激昂的事业史上，也点缀着大乔小乔的艳迹。至于辞人墨客，更是舍了男女恋爱无文章。如果上帝不改造了人类，使世上只有男人，或只有女人，这恋爱问题是无法避免的，因此我纵多描写点男女恋爱，也是事势所使然，何足为怪呢？

但我既是个描写男女恋爱的专家，当然我总有我的恋爱主张了。

有许多高之又高的人，主张恋爱是神圣的，无条件的，他们这个出发点是千对万对，不过还有唱高调的嫌疑。我自然不会主张恋爱要以金钱地位年貌为条件，可是也不相信是绝对无条件的。

如果恋爱是绝对无条件的，那么芸芸众生之中，为什么某人定要爱上某人，就算是直觉的吧，但你既觉得她或他的可爱，那被你爱上的那几点，便是条件了。比如说你觉得某某态度好，性情纯真，见解深湛，所以你爱上他或她，那么态度好，性情纯真，见解深湛，便是你恋爱的条件了，你怎能说恋爱无条件呢？至于一般浅薄的人所说的条件，那是表面的认识，而不是刻骨的了解，所以一旦结了婚，这些表面的东西有所变动时，那么感情也同时破裂了。这种条件是要不得的，而由你直觉所鉴定的条件，你却不能否认呢？所以我的主张恋爱是有条件的——精神上的条件。

这些精神上的条件，以哪一种为最要呢？第一步当然是要彼此有深切的了解，仅仅了解还不够，这相爱的一对人儿当中，还须彼此发现各人的特别优点，互相崇拜这优点，我认为这一事比什么都要紧，如果单靠情爱，而不付之以相敬，那么如水波浪的爱情，一旦浪退波平时，将以何物来维持？还有一层，夫妇之间如能相敬——即能彼此尊重其人格，这便是两个健全的细胞的结合，势力是平衡的，绝不至发生你欺我压的事情来，家庭之间自然不会发生什么龃龉的。

其次要性情合得来，事实上，世界上的人，就没有两个人的性情绝对相同的，即所谓“人心不同如其面”，不过无论如何不同，其中总要有一两点相同，其余那不同之点，也要能相反相成，调协得来才行，不然终日相处，随时争论，这感情也维持不久。

再其次呢，应当有为了爱而牺牲个人利益的精神，这种牺牲是绝对优美的，伟大的。如果两个真相爱的人，其中若没有这种精神，那爱便不真诚了。

这以上是我恋爱的条件，也便是我恋爱的主张了。

女人

朱自清

白水是个老实人，又是个有趣的人。他能在谈天的时候，滔滔不绝地发出长篇大论。这回听勉子说，日本某杂志上有《女？》一文，是几个文人以“女”为题的桌话的记录。他说，“这倒有趣，我们何不也来一下？”我们说，“你先来！”他搔了搔头发道：“好！就是我先来：你们可别临阵脱逃才好。”我们知道他照例是开口不能自休的。果然，一番话费了这多时候，以致别人只有补充的工夫，没有自叙的余裕。那时我被指定为临时书记，曾将桌上所说，拉杂写下。现在整理出来，便是以下一文。因为十之八是白水的意见，便用了第一人称，作为他自述的模样；我想，白水大概不至于不承认吧？

老实说，我是个欢喜女人的人；从国民学校时代直到现在，我总一贯地欢喜着女人。虽然不曾受着什么“女难”，而女人的力量，我确是常常领略到的。女人就是磁石，我就是一块软铁；为了一个虚构的或实际的女人，呆呆的想了一两点钟，乃至想了一两个星期，真有不知肉味光景——这种事是屡屡有的。在路上走，远远的有女人来了，我的眼睛便像蜜蜂们嗅着花香一般，直攫过去。但是我很知足，普通的女人，大概看一两眼也就够了，至多再掉一回头。像我的一位同学那样，遇见了异性，就立正——向左或向右转，仔细用他那两只近视眼，从眼镜下面紧紧追出去半日半日，然后看不见，然后开步走——我是用不着的。我们地方有句土话说：“乖子望一眼，呆子望到晚”；我大约总在“乖子”一边了。我到无论什么地方，第一总是用我的眼睛去寻找女人。在火车里，我必走遍几辆车去发见女人；在轮船里，我必走遍全船去发见女人。我若找不到女人时，我便逛游戏场去，赶庙会去，——我大胆地加一句——参观女学校去；这些都是女人多的地方。于是我的眼睛更忙了！我拖着两只脚跟着她们走，往往直到疲倦为止。

我所追寻的女人是什么呢？我所发见的女人是什么呢？这是艺术的女人。从前人将女人比做花，比做鸟，比做羔羊；他们只是说，女人是自然手里创造出来的艺术，使人们欢喜赞叹——正如艺术的儿童是自然的创作，使人们欢喜赞叹一样。不独男人欢喜赞叹，女人也欢喜赞叹；而“妒”便是欢喜赞叹的另一面，正如“爱”是欢喜赞叹的一面一样。受欢喜赞叹的，又不独是女人，男人也有。“此柳风流可爱，似张绪当年，”便是好例；而“美丰仪”一语，尤为“史不绝书”。但男人的艺术气分，似乎总要少些；贾宝玉说得好：男人的骨头是泥做的，女人的骨头是水做的。这是天命呢？还是人事呢？我现在还不得而知；只觉得事实是如此罢了。——你看，目下学绘画的“人体习作”的时候，谁不用了女人做他的模特儿呢？这不是因为女人的曲线更为可爱么？我们说，自有历史以来，女人是比男人更其艺术的；这句话总该不会错吧？所以我说，艺术的女人。所谓艺术的女人，有三种意思：是女人中最为艺术的，是女人的艺术的一面，是我们以艺术的眼去看女人。我说女人比男人更其艺术的，是一般的说法；说女人中最为艺术的，是个别的说法。——而“艺术”一词，我用它的狭义，专指眼睛的艺术而言，与绘画，雕刻，跳舞同其范类。艺术的女人便是有着美好的颜色和轮廓和动作的女人，便是她的容貌，身材，姿态，使我们看了感到“自己圆满”的女人。这里有一块天然的界碑，我所说的只是处女，少妇，中年妇人，那些老太太们，为她们的年岁所侵蚀，已上了凋零与枯萎的路途，在这一件上，已是落伍者了。女人的圆满相，只是她的“人的诸相”之一；她可以有大才能，大智慧，大仁慈，大勇毅，大贞洁等等，但都无碍于这一相。诸相可以帮助这一相，使其更臻于充实；这一相也可帮助诸相，分其圆满于它们，有时更能遮盖它们的缺处。我们之看女人，若被她的圆满相所吸引，便会不顾自己，不顾她的一切，而只陶醉于其中；这个陶醉是刹那的，无关心的，而且在沉默之中的。

我们之看女人，是欢喜而决不是恋爱。恋爱是全般的，欢喜是部分的。恋爱是整个“自我”与整个“自我”的融合，故坚深而久长；欢喜是“自我”间断片的融合，故轻浅而飘忽。这两者都是生命的趣味，生命的姿态。但恋爱是对人的，欢喜却兼人与物而言。——此外本还有“仁爱”，便是“民胞物与”之怀；再进一步，“天地与我并生，万物与我为一”，便是“神爱”，“大爱”了。这种无分物我的爱，非我所要论；但在此又须立一界碑，凡伟大庄严之象，无论属人属物，足以吸引人心者，必为这种爱；而优美艳丽的光景则始在“欢喜”的阈中。至于恋爱，以人格的吸引为骨子，有极强的占有性，又与二者不同。Y君以人与物平分恋爱与欢喜，以为“喜”仅属物，“爱”乃属人；若对人言“喜”，便是蔑视他的人格了。现在有许多人也以为将女人比花，比鸟，比羔羊，便是侮辱女人；赞颂女人的体态，也是侮辱女人。所以者何？便是蔑视她们的人格了！但我觉得我们若不能将“体态的美”排斥于人格之外，我们便要慢慢的说这句话！而美若是一种价值，人格若是建筑于价值的基石上，我们又何能排斥那“体态的美”呢？所以我以为只须将女人的艺术的一面作为艺术而鉴赏它，与鉴赏其他优美的自然一样；艺术与自然是“非人格”的，当然便说不上“蔑视”与否。在这样的立场上，将人比物，欢喜赞叹，自与因袭的玩弄的态度相差十万八千里，当可告无罪于天下。——只有将女人看作“玩物”，才真是蔑视呢；即使是在所谓的“恋爱”之中。艺术的女人，是的，艺术的女人！我们要用惊异的眼去看她，那是一种奇迹！

我之看女人，十六年于兹了，我发现了一件事，就是将女人作为艺术而鉴赏时，切不可使她知道；无论是生疏的，是较熟悉的。因为这要引起她性的自卫的羞耻心或他种嫌恶心，她的艺术味便要变稀薄了；而我们因她的羞耻或嫌恶而关心，也就不能静观自得了。所以我们只好秘密地鉴赏；艺术原来是秘密的呀，自然的创作原来是秘密的呀。但是我所欢喜的艺术的女人，究竟是怎样的呢？您得问了。让我告诉您：我见过西洋女人，日本女人，江南江北两个女人城内的女人，名闻浙东西的女人；但我的眼光究竟太狭了，我只见过不到半打的艺术的女人！而且其中只有一个西洋人，没有一个日本人！那西洋的处女是在Y城里一条僻巷的拐角上遇着的，惊鸿一瞥似地便过去了。其余有两个是在两次火车里遇着的，一个看了半天，一个看了两天；还有一个是在乡村里遇着的，足足看了三个月。——我以为艺术的女人第一是有她的温柔的空气；使人如听着箫管的悠扬，如嗅着玫瑰花的芬芳，如躺着在天鹅绒的厚毯上。她是如水的密，如烟的轻，笼罩着我们；我们怎能不欢喜赞叹呢？这是由她的动作而来的；她的一举步，一伸腰，一掠鬓，一转眼，一低头，乃至衣袂的微扬，裙幅的轻舞，都如蜜的流，风的微漾；我们怎能不欢喜赞叹呢？最可爱的是那软软的腰儿；从前人说临风的垂柳，《红楼梦》里说晴雯的"水蛇腰儿"，都是说腰肢的细软的；但我所欢喜的腰呀，简直和苏州的牛皮糖一样，使我满舌头的甜，满牙齿的软呀。腰是这般软了，手足自也有飘逸不凡之概。你瞧她的足胫多么丰满呢！从膝关节以下，渐渐地隆起，像新蒸的面包一样；后来又渐渐渐渐地缓下去了。这足胫上正罩着丝袜，淡青的？或者白的？拉得紧紧的，一些儿皱纹没有，更将那丰满的曲线显得丰满了；而那闪闪的鲜嫩的光，简直可以照出人的影子。你再往上瞧，她的两肩又多么亭匀呢！像双生的小羊似的。又像两座玉峰似的；正是秋山那般瘦，秋水那般平呀。肩以上，便到了一般人讴歌颂赞所集的"面目"了。我最不能忘记的。是她那双鸽子般的眼睛，伶俐到像要立刻和人说话。在惺忪微倦的时候，尤其可喜，因为正像一对睡了的褐色小鸽子。和那润泽而微红的双颊，苹果般照耀着的，恰如曙色之与夕阳，巧妙的相映衬着。再加上那覆额的，稠密而蓬松的发，像天空的乱云一般。点缀得更有情趣了。而她那甜蜜的微笑也是可爱的东西；微笑是半开得花朵，里面流溢着诗与画与无声的音乐。是的，我说的已多了；我不必将我所见的，一个人一个人分别说给你，我只将她们融合成一个Sketch给你看——这就是我的惊异的型，就是我所谓艺术的女子的型。但我的眼光究竟太狭了！我的眼光究竟太狭了！

在女人的聚会里，有时也有一种温柔的空气；但只是笼统的空气，没有详细的节目。所以这是要由远观而鉴赏的，与个别的看法不同；若近观时，那笼统的空气也许会消失了的。说起这艺术的“女人的聚会”，我却想着数年前的事了，云烟一般，好惹人怅惘的。在P城一个礼拜日的早晨，我到一所宏大的教堂里去做礼拜；听说那边女人多，我是礼拜女人去的。那教堂是男女分坐的。我去的时候，女坐还空着，似乎颇遥遥的；我的遐想便去充满了每个空坐里。忽然眼睛有些花了，在薄薄的香泽当中，一群白上衣，黑背心，黑裙子的女人，默默的，远远的走进来了。我现在不曾看见上帝，却看见了带着翼子的这些安琪儿了！另一回在傍晚的湖上，暮霭四合的时候，一只插着小红花的游艇里，坐着八九个雪白雪白的白衣的姑娘；湖风舞弄着她们的衣裳，便成一片浑然的白。我想她们是湖之女神，以游戏三昧，暂现色相于人间的呢！第三回在湖中的一座桥上，淡月微云之下，倚着十来个，也是姑娘，朦朦胧胧的与月一齐白着。在抖荡的歌喉里，我又遇着月姊儿的化身了！——这些是我所发见的又一型。

是的，艺术的女人，那是一种奇迹！

给亡妇

朱自清

谦，日子真快，一眨眼你已经死了三个年头了。这三年里世事不知变化了多少回，但你未必注意这些个，我知道。你第一惦记的是你几个孩子，第二便轮着我。孩子和我平分你的世界，你在日如此；你死后若还有知，想来还如此的。告诉你，我夏天回家来着：迈儿长得结实极了，比我高一个头。闰儿父亲说是最乖，可是没有先前胖了。采芷和转子都好。五儿全家夸她长得好看；却在腿上生了湿疮，整天坐在竹床上不能下来，看了怪可怜的。六儿，我怎么说好，你明白，你临终时也和母亲谈过，这孩子是只可以养着玩儿的，他左挨右挨去年春天，到底没有挨过去。这孩子生了几个月，你的肺病就重起来了。我劝你少亲近他，只监督着老妈子照管就行。你总是忍不住，一会儿提，一会儿抱的。可是你病中为他操的那一份儿心也够瞧的。那一个夏天他病的时候多，你成天儿忙着，汤呀，药呀，冷呀，暖呀，连觉也没有好好儿睡过。那里有一分一毫想着你自己。瞧着他硬朗点儿你就乐，干枯的笑容在黄蜡般的脸上，我只有暗中叹气而已。

从来想不到做母亲的要像你这样。从迈儿起，你总是自己喂乳，一连四个都这样。你起初不知道按钟点儿喂，后来知道了，却又弄不惯；孩子们每夜里几次将你哭醒了，特别是闷热的夏季。我瞧你的觉老没睡足。白天里还得做菜，照料孩子，很少得空儿。你的身子本来坏，四个孩子就累你七八年。到了第五个，你自己实在不成了，又没乳，只好自己喂奶粉，另雇老妈子专管她。但孩子跟老妈子睡，你就没有放过心；夜里一听见哭，就竖起耳朵听，工夫不大就得过去看。十六年初，和你到北京来，将迈儿，转子留在家里；三年多还不能去接他们，可真把你惦记苦了。你并不常提，我却明白。你后来说你的病就是惦记出来的；那个自然也有份儿，不过大半还是养育孩子累的。你的短短的十二年结婚生活，有十一年耗费在孩子们身上；而你一点不厌倦，有多少力量用多少，一直到自己毁灭为止。你对孩子一般儿爱，不问男的女的，大的小的。也不想到什么“养儿防老，积谷防饥”，只拼命的爱去。你对于教育老实说有些外行，孩子们只要吃得好玩得好就成了。这也难怪你，你自己便是这样长大的。况且孩子们原都还小，吃和玩本来也要紧的。你病重的时候最放不下的还是孩子。病的只剩皮包着骨头了，总不信自己不会好；老说：“我死了，这一大群孩子可苦了。”后来说送你回家，你想着可以看见迈儿和转子，也愿意；你万不想到会一走不返的。我送车的时候，你忍不住哭了，说：“还不知能不能再见？”可怜，你的心我知道，你满想着好好儿带着六个孩子回来见我的。谦，你那时一定这样想，一定的。

除了孩子，你心里只有我。不错，那时你父亲还在；可是你母亲死了，他另有个女人，你老早就觉得隔了一层似的。出嫁后第一年你虽还一心一意依恋着他老人家，到第二年上我和孩子可就将你的心占住，你再没有多少工夫惦记他了。你还记得第一年我在北京，你在家里。家里来信说你待不住，常回娘家去。我动气了，马上写信责备你。你教人写了一封覆信，说家里有事，不能不回去。这是你第一次也可以说第末次的抗议，我从此就没给你写信。暑假时带了一肚子主意回去，但见了面，看你一脸笑，也就拉倒了。打这时候起，你渐渐从你父亲的怀里跑到我这儿。你换了金镯子帮助我的学费，叫我以后还你；但直到你死，我没有还你。你在我家受了许多气，又因为我家的缘故受你家里的气，你都忍着。这全为的是我，我知道。那回我从家乡一个中学半途辞职出走。家里人讽你也走。哪里走！只得硬着头皮往你家去。那时你家像个冰窖子，你们在窖里足足住了三个月。好容易我才将你们领出来了，一同上外省去。小家庭这样组织起来了。你虽不是什么阔小姐，可也是自小娇生惯养的，做起主妇来，什么都得干一两手；你居然做下去了，而且高高兴兴地做下去了。菜照例满是你做，可是吃的都是我们；你至多夹上两三筷子就算了。你的菜做得不坏，有一位老在行大大地夸奖过你。你洗衣服也不错，夏天我的绸大褂大概总是你亲自动手。你在家老不乐意闲着；坐前几个“月子”，老是四五天就起床，说是躺着家里事没条没理的。其实你起来也还不是没条理；咱们家那么多孩子，哪儿来条理？在浙江住的时候，逃过两回兵难，我都在北平。真亏你领着母亲和一群孩子东藏西躲的；末一回还要走多少里路，翻一道大岭。这两回差不多只靠你一个人。你不但带了母亲和孩子们，还带了我一箱箱的书；你知道我是最爱书的。在短短的十二年里，你操的心比人家一辈子还多；谦，你那样身子怎么经得住！你将我的责任一股脑儿担负了去，压死了你；我如何对得起你！？

你为我的捞什子书也费了不少神；第一回让你父亲的男佣人从家乡捎到上海去。他说了几句闲话，你气得在你父亲面前哭了。第二回是带着逃难，别人都说你傻子。你有你的想头：“没有书怎么教书？况且他又爱这个玩意儿。”其实你没有晓得，那些书丢了也并不可惜；不过教你怎么晓得，我平常从来没和你谈过这些个！总而言之，你的心是可感谢的。这十二年里你为我吃的苦真不少，可是没有过几天好日子。我们在一起住，算来也还不到五个年头。无论日子怎么坏，无论是离是合，你从来没对我发过脾气，连一句怨言也没有。——别说怨我，就是怨命也没有过。老实说，我的脾气可不大好，迁怒的事儿有的是。那些时候你往往抽噎着流眼泪，从不回嘴，也不号啕。不过我也只信得过你一个人，有些话我只和你一个人说，因为世界上只你一个人真关心我，真同情我。你不但为我吃苦，更为我分苦；我之有我现在的精神，大半是你给我培养着的。这些年来我很少生病。但我最不耐烦生病，生了病就呻吟不绝，闹那伺候病的人。你是领教过一回的，那回只一两点钟，可是也够麻烦了。你常生病，却总不开口，挣扎着起来；一来怕搅我，二来怕没人做你那份儿事。我有一个坏脾气，怕听人生病，也是真的。后来你天天发烧，自己还以为南方带来的疟疾，一直瞒着我。明明躺着，听见我的脚步，一骨碌就坐起来。我渐渐有些奇怪，让大夫一瞧，这可糟了，你的一个肺已烂了一个大窟窿了！大夫劝你到西山去静养，你丢不下孩子，又舍不得钱；劝你在家里躺着，你也丢不下那份儿家务。越看越不行了，这才送你回去。明知凶多吉少，想不到只一个月工夫你就完了！本来盼望还见得着你，这一来可拉倒了。你也何尝想到这个？父亲告诉我，你回家独住着一所小住宅，还嫌没有客厅，怕我回去不便哪。

前年夏天回家，上你坟上去了。你睡在祖父母的下首，想来还不孤单的。只是当年祖父母的坟太小了，你正睡在圹底下。这叫做“抗圹”，在生人看来是不安心的；等着想办法哪。那时圹上圹下密密地长着青草，朝露浸湿了我的布鞋。你刚埋了半年多，只有圹下多出一块土，别的全然看不出新坟的样子。我和隐今夏回去，本想到你的坟上来；因为她病了没来成。我们想告诉你，五个孩子都好，我们一定尽心教养他们，让他们对得起死了的母亲——你！谦，好好儿放心安睡吧，你。

婆婆话

老舍

一位朋友从远道而来看我，已七八年没见面，谈起来所以非常高兴。一来二去，我问他有了几个小孩？他连连摇头，答以尚未有妻。他已三十五六，还作光棍儿，倒也有些意思；引起我的话来，大致如下：

我结婚也不算早，作新郎时已三十四岁了。为什么不肯早些办这桩事呢？最大的原因是自己挣钱不多，而负担很大，所以不愿再套上一份麻烦，作双重的马牛。人生本来是非马即牛，不管是贵是贱，谁也逃不出衣食住行，与那油盐酱醋。不过，牛马之中也有些性子刚硬的，挨了一鞭，也敢回敬一个别扭。合则留，不合则去：我不能在以劳力换金钱之外，还赔上狗事巴结人，由马牛降作走狗。这么一来，随时有卷起铺盖滚蛋的可能，也就得有些准备，积极的是储蓄俩钱，以备长期抵抗；消极的是即使挨饿，独身一个总不致灾情扩大。所以我不肯结婚。卖国贼很可以是慈父良夫，错处是只尽了家庭中的责任，而忘了社会国家。我的不婚，越想越有理。

及至过了三十而立，虽有桌椅板凳亦不敢坐，时觉四顾茫然。第一个是老母亲的劝告。虽然不明说："为了养活我，你牺牲了自己，我是怎样的难过！"可是再说硬话实在使老人难堪；只好告诉母亲：不久即有好消息。君子一言，驷马难追；一透口话，就满城风雨。朋友不论老少男女，立刻都觉得有作媒的资格，而且说得也确是近情近理；平日真没想到他们能如此高明。最普遍而且最动听的——不晓得他们都是从哪儿学来的这一套？——是：老光棍儿正如老姑娘，独居惯了就慢慢养成绝户脾气——万要不得的脾气！一个人，他们说，总得活泼泼的，各尽所长，快活的忙一辈子。因不婚而弄得脾气古怪，自己苦恼，大家不痛快，这是何苦？这个，的确足以打动一个卅多岁，对世事有些经验的人！即使我不希望升官发财，我也不甘成为一个老别扭鬼。

那么经济问题呢？我问他们。我以为这必能问住他们，因为他们必不会因为怕我成了老绝户而愿每月津贴我多少钱。哼，他们的话更多了。第一，两个人的花销不必比一个人多到哪里去；第二，即使多花一些，可是苦乐相抵，也不算吃亏；第三，找位能挣些钱的女子，共同合作，也许从此就富裕起来；第四，就说她不能挣钱，而且多花一些，人生本来是经验与努力，不能永远消极的防备，而当努力前进。

说到这里，他们不管我相信这些与否，马上就给我介绍女友了。仿佛是我决不会去自己找到似的。可是，他们又有文章。恋爱本无须找人帮忙，他们晓得；不过，在恋爱期间，理智往往弱于感情；一旦造成了将错就错的局面，必会将恩作怨，糟糕到底。反之，经友人介绍，旁观者清，即使未必准是半斤八两，到底是过了磅的有个准数。多一番理智的考核，便少一些感情的瞎碰。双方既都到了男大当娶，女大当聘之年，而且都愿结婚，一经介绍，必定郑重其事的为结婚而结婚，不是过过恋爱的瘾。况且结婚就是结婚；所谓同居，所谓试婚，所谓解性欲问题，原来都是这一套。同居而不婚，也得俩个吃饭，也得生儿养女；并不因为思想高明，而可以专接吻，不用吃饭！

我没有办法。你一言，我一语，说得我心中闹得慌。似乎只有结婚才能心静，别无办法。于是我就结了婚。

到如今，结婚已有五年，有了一儿一女。把五年的经验和婚前所听到的理论相证，也倒怪有个味儿。

第一该说脾气。不错，朋友们说对了：有了家，脾气确是柔和了一些。我必定得说，这是结婚的好处。打算平安的过活，必须采纳对方的意见，阳纲或阴纲独振全得出毛病；男女同居，根本需要民治精神，独裁必引起革命；努力以此种革命并不足以升官发财，而打得头破血出倒颇悲壮而泄气。彼此非纳着点气儿不可，久而久之都感到精神的胜利，凡是可以和平解决，夫妇都可成圣矣。

这个，可并不能完全打倒我在婚前的主张：独身气壮，天不怕地不怕；结婚气馁，该丑着的就得低头。我的顾虑一点不算多此一举。结了婚，脾气确是柔和了，心气可也跟着软下来。为两个人打算，绝不会像一个人吃饱天下太平那么干脆。于是该将就者便须将就，不便挺起胸来大吹浩然之气，恋爱可以自由，结婚无自由。

朋友们说对了。我也并没说错。这个，请老兄自己去判断，假如你想结婚的话。

第二该说经济。现在，如果再有人对我说，俩人花钱不见得比一人多，我一定毫不迟疑的敬他一个嘴巴子。俩人是俩人，多数加s，钱也得随着加s。是的，太太可以去挣钱，俩人比一人挣得多；可是花得也多呀。公园，电影场，绝不会有“太太免票”的办法，别的就不用说了。及至有了小孩，简直的就不能再有什么预算决算，小孩比皇帝还会花钱。太太的事不能再作，顾了挣钱就顾不了小孩，因挣钱而把小孩养坏，照样的不上算；好，太太专看小孩，老爷专去挣钱，小孩专管花钱，不破产者鲜矣。

自然小孩会带来许多快乐，作了父母的夫妻特别的能彼此原谅，而小胖孩子又是那么天真可爱，单单的伸出一个胖手指已足使人笑上半天。可是，小胖子可别生病；一生病，爸的表，娘的戒指，全得暂入当铺，而且昼夜吃不好，睡不安，不亚于国难当前。割割扁桃腺，得一百块！幸亏正是扁桃腺，这要是整个圆桃，说不定就得上万！以我自己说，我对儿女总算不肯溺爱，可是只就医药费一项来说，已经使我的肩背又弯了许多。有病难道不给治么？小孩真是金子堆成的。这还没提到将来的教育费——谁敢去想，闭着眼瞎混吧！

有人会说喽，结婚之后顶好不要小孩呀。不用听那一套。

我看见不少了，夫妻因为没有小孩而感情越来越坏，甚至去抱来个娃娃，暂时敷衍一下。有小孩才像家庭；不然，家庭便和旅馆一样。要有小孩，还是早些有的为是，一来，妇女岁数稍大，生产就更多危险；二来，早些有子女，虽然花费很多，可是多少能早些有个打算，即使计划不能实现，究竟想有个准备；一想到将来，便想到子女，多少心中要思索一番，对于作事花钱就不能不小心。这样，夫妇自自然然的会老成一些了。要按着老法子说呢，父母养活子女，赶到子女长大便倒过头来养活父母。假如此法还能适用，那么早有小孩，更为上算。假如父亲在四十岁上才有了儿子，儿子到二十的时候，父亲已经六十了；说不定，也许活不到六十的；即使儿子应用古法，想养活父亲，而父亲已入了棺材，哪能喝酒吃饭？

这个，朋友，假若你想结婚的话，又该去思索一番。娶妻须花钱，生儿养女须花钱，负担日大，肩背日弯，好不伤心；同时，结婚有益，有子女也有乐趣，即使乐不抵苦，可是生命至少不显着空虚。如何之处，统希鉴裁！

至于娶什么样的太太，问题太大，一言难尽。不过，我看出这么点来：美不是一切。太太不是图画与雕刻，可以用审美的态度去鉴赏。人的美还有品德体格的成分在内。健壮比美更重要。一位爱生病的太太不大容易使家庭快乐可爱。学问也不是顶要紧的，因为有钱可以自己立个图书馆，何必一定等太太来丰富你的或任何人的学问？据我看，结婚是关系于人生的根本问题的；即使高调很受听，可是我不能不本着良心说话，吃，喝，性欲，繁殖，在结婚问题中比什么理想与学问也更要紧。我并不是说妇人应当只管洗衣作饭抱孩子，不应读书作事。我是说，既来到婚姻问题上，既来到家庭快乐上，就乘早不必唱高调，说那些闲盘儿。这是实际问题，是解决生命的根源上的几项问题，那么，说真实的吧，不必弄一套之乎者也。一个美的摆设，正如一个有学问的摆设，都是很好的摆设，可是未见得是位好的太太。假若你是富家翁呢，那就随便的弄什么摆设也好。不幸，你只是个普通的人，那么，一个会操持家务的太太实在是必要的。假如说吧，你娶了一位哲学博士，长得也挺美，可是一进厨房便觉恶心，夜里和你讨论康德的哲学，力主生育节制，即使有了小孩也不会抱着，你怎办？听我的话，要娶，就娶个能作贤妻良母的。尽管大家高喊打倒贤妻良母主义，你的快乐你知道。这并不完全是自私，因为一位不希望作贤妻良母的满可不嫁而专为社会服务呀。假如一位反抗贤妻良母的而又偏偏去嫁人，嫁了人连自己的袜子都不会或不肯洗，那才是自私呢。不想结婚，好，什么主义也可以喊；既要结婚，须承认这是个实际问题，不必弄玄虚。夫妻怎不可以谈学问呢；可是有了五个小孩，欠着五百元债，明天的房钱还没指望，要能谈学问才怪！两个帮手，彼此帮忙，是上等婚姻。

有人根本不承认家庭为合理的组织，于是结婚也就成为可笑之举。这，另有说法，不是咱们所要谈的，咱们谈的是结婚与组织家庭，那么，这套婆婆话也许有一点点用，多少的备你参考吧。

析爱

俞平伯

名能便人，又能误人。何谓便？譬如青苍苍在我们头上的，本来浑然一物，绝于言诠；后来我们勉强叫它做“天”。自有天这一名来表示这一种特殊形相，从此口舌笔墨间，便省了无穷描摹指点的烦劳了。何谓误？古人所谓“实无名，名无实”，自是极端的说法。名之与实相为表里，如左右骖；偶有龃龉，车即颠覆。就常理而言，名以表实；强分析之始为二，其实只是一物的两面，何得背道而驰呢？但人事至迹，思路至纷，名实乖违竟是极普遍，极明确的一件事了。每每有一名含几个微殊——甚至大殊的实相的；也有一实相具多数的别名的。此篇所谈的爱，正是其中的一个好例。因名实歧出而言词暧昧了，而事实混淆了，而行为间起争执了。故正名一道，无论古今中外，不但视为专科之业，且还当它布帛米菽般看待。即如敝国的孔二先生，后人说他的盛德大业在一部断烂朝报式的《春秋》上，骤听似伤滑稽。我八岁时读孟子到“孔子成《春秋》而乱臣贼子惧”，觉得这位孟老爹替他太老师吹得实在太凶。《春秋》无非是在竹片上画了些乱七八糟的痕迹，正和区区今日属稿的稿纸不相上下，既非刀锯桁杨，更非手枪炸弹，乱臣贼子即使没有鸡蛋般的胆子，亦何惧之有？或者当时的乱臣贼子，大都是些“银样镴枪头”也未可知。若论目今的清时盛世，则断断乎不如此的。

但在书生的眼中，正名总不失为有生以来的一椿大事。孔丘说，“必也正名乎？”我们接说，“诚然！诚然！”只是一件，必因此拉扯到什么“礼乐刑罚”上面去，在昔贤或者犹可，在我辈今日则决不敢的。于一字一名的辨，而想借此出出风头包办一切，真真像个笑话。依我说，这种考辨仿佛池畔蛙鼓，树梢萤火，在夏夜长时闹了个不亦乐乎，而其实了不相干的。这好像有点自贬。但绿蛙青萤尚且不因此而遂不闹了，何况你我呢。下面的话遂不嫌其饶舌了。

咱们且挑一个最习见的名试验一下罢。自从有洋鬼子进了中国，那些礼义廉耻，孝悌忠信……即使不至于沦胥以丧，也总算不得时新花样了。孔二先生尚以“圣之时者”的资格，享受两千年的冷猪肉，何怪现在的上海人动辄要问问“时不时”呢。所谓仁者爱人，可见仁亦是爱的一种，孔门独标榜仁的一字；现在却因趋时，舍仁言爱。区区此衷，虽未能免俗。亦总可质之天日了。（但在禁止发行《爱的成年》——甚至波及《爱美的戏剧》那种政府的官吏心目中，这自然是冒犯虎威的一椿大事）。

恐怕没有比这个字再出风头的了，恐怕没有比这个字再通行的了，恐怕没有比这个字再受糟蹋的了。“古之人也”尚且说什么博爱兼爱；何况吃过洋药的，崭新簇新的新人物，自然更是你爱我爱，肉麻到一个不亦乐乎。其实这也稀松太平常，满算不了怎么一回大事。每逢良夜阑珊，猫儿们在房上打架；您如清眠不熟，倦拥孤衾，当真的侧耳一听，则“迷啊呜”的叫唤，安知不就是爱者的琴歌呢。——究竟爱的光辉曾否下逮于此辈众生？我还得要去问问behaviourists，且听下回分解。我在此只算是白说。——上边的话无非是说明上自古之圣人，今之天才，下至阿黄阿花等等，都逃不了爱恨的羁缚。其出风头在此，其通行在此，其受糟蹋亦在此。若普天下有情人闻而短气，则将令我无端的怅怅了。

上也罢，下也罢，性爱初无差等；即圣人天才和阿黄阿花当真合用过一个，也真是没法挽回的错误。分析在此是不必要的。这儿所说的爱，是用一种广泛的解释，包含性爱在内，故范围较大。我爱，你爱，他爱，名为爱则同，所以为爱则异。这就是名实混淆了，我以为已有“正”的必要了。我们既把“爱”看作人间的精魂，当然不能使“非爱”冒用它的名姓，而面见然受我们的香火。你得知道，爱的一些儿委曲要酝酿人间多少的惨痛。我们要歌咏这个爱，顶礼这个爱，先得认清楚了它的法相。若不问青红皂白，见佛就拜，岂不成了小雷音寺中的唐三藏呢？

此项分析的依据不过凭我片时的感念，参以平素的观察力，并不是有什么科学的证验的。自然，读者们如审察了上边胡说八道的空气，早当付之一笑，也决不会误会到这个上面去的，我以为爱之一名，依最普通的说法，有三个歧诠：（一）恋爱的爱，（二）仁爱的爱，（三）喜爱的爱，它们在事实上虽不是绝对分离地存在着，但其价值和机能迥非一类。若以一名混同包举，平等相看，却不是循名责实的道理。下边分用三个名称去论列。

恋是什么？性爱实是它的典型（typical form）。果然，除性爱以外，恋还有其他的型，如肫挚的友谊就是恋爱之一种，虽然不必定含性的意味。恋是一种原始的冲动，最热烈的，不受理性控制的，最富占有性的，最aggressive的。说得好听点，当这境界是人已两泯，充实圆足，如火的蓬腾，如瀑的奔放，是无量精魂的结晶，是全生命的顶潮。说得不好听点，这就是无始无名的一点痴执，是性交的副产物，人和动物的一共相。恋之本身既无优劣，作如何观，您的高兴罢。

它的特色是直情径行，不顾利害，不析人我。为恋而牺牲自己，固然不算什么；但为恋而损及相对方，却也数见不鲜的。效率这个观念，在此竟不适用。恋只是生命力的无端浪费，别无意义可言，别无目的可求。使你我升在五色云中，是它的力；反之，使你我陷入泥涂亦未始非它所致。它是赏不为恩，罚不为罪的；因所谓赏罚，纯任自然，绝非固定不变，亦非有意安排下的。有人说恋是自私的情绪，我以为是不恰当的。在白热的恋中融解了，何有于人我相？故舍己从人算不是得伟大，损人益己算不得强暴。即使要说它自私，也总是非意识的自私罢。权衡轻重，计较得失，即非恋的本旨了。若恋果如此，非恋无疑。

有明哲的审辨工夫的，我们叫它为仁，不叫它为恋的。明仁的含义初不必多引经据典，只是“己所不欲勿施于人”这个解释便足够了。在先秦儒家中有两个习用的名，可以取释这差别的：就是恋近乎忠，仁近乎恕。忠是什么？是直。恕是什么？是推。一个无所谓效率，一个是重效率的。如我恋着您，而您的心反因此受伤，这是我所不能完全任咎的。但我如对您抱着一种仁爱的心，而丝毫无补于您，或者反而有损，这就算不得真的仁者了。强要充数，便是名实乖违了。仁是凭着效果结账的，恋是凭着存心结账的。心藏于中不可测度，且其究竟有无并不可知；所以世上只有欺诳的恋人，绝无欺诳的仁者。没有确实仁的行为，决不能证明仁的存在。恋则不然。它是没有固定的行径的。给你甜头固然是它，给你吃些苦头安知不是它呢？若因吃了苦便翻脸无情了，则其人绝非多情种子可知。双方面的，单方面的，三角形的，多角形的同是恋的诸型，同为恋的真实法相，故恋是终于不可考量的。水的温冷惟得尝者自知，而自知又是最不可靠的，于是恋和欺诳遂始终同在着。恋人们宁冒这被诳的险，而闯到温柔乡中去。由此足以证“恋是生命力的无端浪费”这句话的确实不可移了。

有志于仁的见了这种浪子，真是嘴都笑歪了。他说，那些无法无天的混小子懂得什么成熟的爱。爱不在乎你有好的心没有，（我知道你有没有呢！）而在乎你有好的行为没有。在历程之中要有正当的方法，在历程之尾要有明确的效果。这方算成立了爱的事实。您要和人家要好，多少要切实给他一点好处，方能取信；否则何以知道你对他有好感呢？即使你不求人知，而这种Plato式的爱有什么用呢？这番话被恋人们听见了，自然又不免摇头叹息。“这真是夏虫不可与语冰啊！”

其实依我说，仁确是一种较成长的爱根，虽不如恋这般热烈而迫切。无疑，这是人类所独有，绝不能求之于其他众生间的。它是一种温和的情操，是已长成的，是有目的，有意义的，是能切实在人间造福的。它决没有自私的嫌疑，故它是光明的；它能成己及物，故它是完全的；当它的顶潮，以慎思明辨的结果而舍己从人，故它是伟大的。所谓博爱兼爱这些德行，都指这一种爱型而言，与恋爱之爱，风马牛不相及的。

以恋视仁，觉得它生分凡俗；以仁视恋，觉得它狭小欺诳；实则都不免是通蔽相妨之见。我们不能没有美伴良友，犹之我们不能离开社会一样。对于心交还要用权衡，固然损及浑然之感。对于外缘，并权衡亦没有了，动辄人己两妨，岂不成了大傻瓜了吗？在个人心中，恋诚然可贵，而在家庭社会之间，仁尤其要紧。慈的父母，孝的儿女，明智的社会领袖，都应当记得空虚的好心田是不中用的，真关痛痒的是行为。要得什么果子，得先讲讲怎么样栽培。方法和效验不可视为尘俗的。

原来超利害的热恋，只存在于成熟的心灵们互相团凝的时候。这真是希有的畸人行径，一则要内有实力，二则要外有机会，绝不是人人可行，时时可行的。我们立身行事，第一求自己能受用，第二求别闹出笑话；可行方行，可止即止，不要卤莽灭裂，干那种放而不收的事。一刹那的热情固可珍重，日常生活中理性控制着的温情更当宝贵。——且自安于常人罢。譬如布帛菽米，油盐酱醋，家家要用，而金刚石只在皇冕上，贵妇人发际炫耀着。一样的有用（需要即是用），但所用不同。一样的可贵，但所以贵不同。常与非常本无指定的高下。就一般人说法，适者为贵，则常之声价每在非常之上。虽圣人复生，天才世出，不易斯言。

恋与仁虽是直接间接的两型，而都属于爱的范畴内。喜便不然了。喜爱连称，但喜实非爱。明喜非爱，并非难事，举一例便知。顾诚吾君说：

谢太傅问诸子侄，“子弟亦何预人事而正欲使其佳？”诸人莫有言者。车骑答曰，“譬如芝兰玉树，欲使生于庭阶耳。”（《世说新语》）——拿子弟当做芝兰玉树，真是妙不可言。试看稍微阔绰的人家，谁不盼望“七子八婿”“儿女成行”，来做庭前的点缀！但一般普通人家，固不能一例说。他们的观念只是“养儿防老，积谷防饥”。不拿子弟做花草，却拿儿子做稻麦了。上一个不过是抚摩玩赏的美术品，后一个却是待他养命的实用品了。（《新潮》二卷四号六七九页）

芝兰玉树罗列庭阶，可喜之至了；但何预于爱？无意中生了儿子却可用他来“防老”，可喜之至了；但何预于爱？若以这些为爱，则主人对于畜养的鸡猫鹰犬，日用的笔墨针线，岂非尽是欢苗爱叶了？通呢不通？

更可举一可笑之实例，以明喜爱之殊。如男女们缔婚，依名理论，实为恋的事情，而社会上却通称“喜事”。所可喜者何？无非男的得了内助，女的得了靠山，在尊长方面得人侍奉，在祖宗方面得有血食。子子孙孙传之无穷，而“不孝有三，无后为大”之惧可以免夫！一言蔽之，此与做买卖的新开张，点起大红蜡烛，挂起大红联幛时之喜，一般无二。因性质同，故其铺排，陈设，典礼无不毕同。一样的大红蜡笺对联，无非一副写了“某某仁兄大人嘉礼”，一副为了“某某宝号开张之喜”罢了。有何不同？有何不同！其实呢，您如精细些，必将发现其中含有喜剧的错误，甚至于悲剧的错误呢。只因喜与恋一字之差，而普天下之痴男怨女，每饮恨吞声，至于没世而不知所以然。谁为为之？孰令致之？大家都说不出来，于是大家依样画葫芦罢，牵牵连连的堕入苦狱，且殃及于儿女罢。红红绿绿，花花絮絮的热闹，我每躬逢其盛，即不禁多添一番惆怅，一种寥寂。在大街上，如碰见抬棺材的，我心中不自主的那么一松；如碰见抬花轿的，我就心中那么一紧。弛张的因由，我自己亦说不清楚，总之，当哀不哀，当乐不乐，神经错乱而已。在名实乖违的世界上，住一个神经错乱的我，您难道不以为然吗？

闲话少说。试比较论之，恋在乎能人我两忘，仁在乎能推己及人，喜则在乎以人徇己。恋人的心中，你即我，我即你。仁人的目中，你非我而与我等，与我同类。若对于某物的喜悦，只是“你是我的，你是为我的”这点计较心，利用心而已。有何可喜？你为我所有，为我所用，为我作牛马，为我作点缀品……等因故。反之，你不然，则变喜成怒，变亲成仇，信为事理之当然了，何足怪呢！这种态度以之及物，是很恰当的。掉了一颗饭米，担心天雷轰顶；走一步道，怕踹死了蚂蚁致伤阴骘；像这种心习真是贤者之过了。泛爱万物，我只认为一种绮语而已。但若用及物的态度来对待人，甚至于骨肉之亲，则不免失之过薄，且自薄了。名实交错，致喜爱不分。以我的喜悦施于人，而责人以他的爱恋相报；不得，则坐以不情之罪。更有群盲，不辨黑白，从而和之。一面胁制弱者使他不及知，使他知而不敢言。这真是锻炼之狱！

依我断案，这不仅是自私，且是恶意的自私；不仅是欺诳，且是存心的欺诳；不仅是薄待某一个人，且是侮辱一切人（连他自已在内）；不仅是非爱，且是爱的反对。以相反的实，蒙相同的名，然后循名责报，期以必得；不得，则以血眼相视，而天下的恶名如水赴壑，终归于在下者。用这种方术求人间的安恬，行吗？即使行，心里安吗？即使悍然曰安，能久吗？“正名”“正名”的呼声原无异于夏蝉秋虫。但果真有人能推行一下，使无老无幼，无贤无愚，无男无女，饮食言动之间，一例循名责实，恐怕一部二十四史都要重新写过才好呢。说虽容易，不过这个推一下的工夫，自古以来谁也做它不动。我们也无非终于拥鼻呻吟而已。

所谓“言各有当”，恋以自律（广义的我），仁以待人，喜以及物，是不可移置的。以恋待人失之厚，及物则失之愈厚；以喜待人失之薄，律己则失之愈薄。报施之道亦然。名实相当，得中，则是；相违，过犹不及，则非。名实违忤至今日已极，以致事无大小，人无智愚，外则社会，内则家庭，都摇摇欲坠，不可终日似的。爱之一名在今日最为习见，细察之，实具直接的和间接的两型，机能互异；而喜且为貌似的赝品：以这两种因由，我作《析爱》一文。

夫妇之间

——龙虫并雕斋琐语之五

王了一

五伦之中，夫妇最早。若不先有夫妇，就不会有所谓父子兄弟。至于君臣，更是后起的事。也许有人说，应该是朋友最早，因为应该先是男女恋爱，然后结为夫妇。这话也有相当的理由。不过，依《旧约》里说，亚当和夏娃是上帝所预定的夫妇，他们并没有经过恋爱的阶段。由此看来，仍该说是夫妇最早。至少，西洋人不会反对我这一种说法。

上帝对夏娃说："你必恋慕你丈夫，你丈夫必管辖你。"这是夏娃听信了蛇的话之后，上帝对女人的处分。这两句话就是万世夫妇的祸根，一切夫妇之间的妒忌和争吵，都是由此而起。近来有人说结婚是爱情的坟墓，这话应该是对的，不信试看中国旧小说里，才子和佳人经过了许多悲欢离合，著书的人无不津津乐道，一到了金榜题名，洞房花烛，那小说也戛然而止，岂不是著者觉得再说下去也就味同嚼蜡了吗？

为什么结婚是爱情的坟墓呢？因为结婚之后爱情像启封泄气的酒，由醉人的浓味渐渐变为淡水的味儿；又因油盐酱醋把两人的心腌得五味俱全，并不像恋爱时代那样全是甜味了。成了家，妻子便把丈夫当做马牛：磨房主人对于他的马，农夫对于他的牛，未尝不知道爱护，然而这种爱护比之热恋的时候却是另一种心情！成了家，丈夫便把妻子当做狗，既要她看家，又要她摇尾献媚！对不住许多配偶，我这话一说，简直把极庄严正经的"人伦"描写得一钱不值。但是，莫忘了我所说的是"爱情的坟墓"；那些因结了婚而更升到了"爱情的天堂"的人，是犯不着为看了这一段话而生气的。

古人说："妻不如妾，妾不如妓，妓不如偷。"这话已经不合时代了。现在该说"婚不如姘"。某某高等民族最聪明，正经配偶之外往往另有外遇。正经配偶为的是油盐酱醋，所以女人非有二十万以上的财产就不容易嫁出去，男人若有巨万的家财，白发红颜也不妨相安，外遇为的是醇酒，就非十分倾心的人不轻易以身相许了。据说感情好的夫妻也不妨有外遇，因为富于热情的人，他的热情必须有所寄托，然而热情和感情是可以并行不悖的，凡为了夫或妻有外遇而反目的人简直是观念太旧，脑筋不清楚。天啊！若依这种说法，我想有许多“痴心女子”，在结婚之前唯恐她的心上人不热情，结婚以后，却又唯恐他太热情了。

随你说观念太旧也好，脑筋不清楚也好，夫妇之间往往免不了吃醋。占有欲是爱情的最高峰吗？有人说不，一千个不。但是，我知道有人不许太太让男理发匠理发，怕他的手亲近她的红颜和青丝；又有人不许太太出门，若偶一出门，回来他就用香烟烙她的脸，要摧毁她的颜色，让别人不再爱她，以便永远独占。

夫妇反目，也是难免的事情。但是，老爷撅嘴三秒钟，太太揉一会儿眼睛，实在值不得记入起居注。甚至老爷把太太打得遍体鳞伤，太太把老爷拧得周身青紫，有时候却是增进感情的要素，而劝解的人未必不是傻瓜。莫里哀在《无可奈何的医生》里，叙述斯加拿尔打了他的妻子，有一个街坊来劝解，那妻子就对那劝解者说：“我高兴给他打，你管不着！”真的，打老婆，逼投河，催上吊的男子未必为妻所弃，也未必弃妻；揪丈夫的头发，咬丈夫的手腕的女人也未必预备琵琶别抱。倒反是有些相敬如宾的摩登夫妇，度了蜜月不久，突然设宴话别，揽臂去找律师，登离婚广告，同时还相约常常通信，永不相忘。

从前常听街坊劝被丈夫打了的妻子说：“丈夫丈夫，你该让他一丈。”这格言并没有很多的效力。在老爷的字典里是“妇者伏也”，在太太的字典里却是“妻者齐也。”甚者于太太把自己看得比老爷高些。从前有一个笑话说，老爷提出“天地”，“乾坤”……等等字眼，表示天比地高，乾比坤高；太太也提出“阴阳”，“雌雄”……等等字眼，表示阴在阳上，雌在雄上。至于现代夫妇之间，更是太太们有一种优越感。其实，若要造成家庭幸福，最好是保持夫妇间的均势，不要让东风压倒西风，也不要让西风压倒东风。否则我退一尺，他进十寸，高的越高，高到三十三重天堂，为玉皇大帝盖瓦，低的越低，低到一十八层地狱，替阎罗老子挖煤，夫妇之间就永远没有和平了。

初恋

废名

我在乡里算是不容易攀上的资格，然而还是跟着祖母跑东跑西，——这自然是由于祖母的疼爱，而我“年少登科”，也很可以明白的看出了。

我一见她就爱；祖母说“银姐”，就喊“银姐”；银姐也立即含笑答应，笑的时候，一边一个酒窝。

银姐的母亲是有钱的寡妇，照年纪，还不能陪着祖母进菩萨。正因为这原故，她进菩萨总要陪着祖母。头一次见我，摸摸我的脑壳，“好孩子！谁家的女婿呢？”我不是碍着祖母的面子，真要唾她不懂事：“年纪虽小，先生总是一样！”待到见了银姐，才暗自侥幸：“喜得没有出口！”

我们住在一个城圈子里，我又特别得了堂长的允许下课回来睡觉，所以同银姐时常有会面的机会。

一天，我去银姐家请祖母，祖母正在那里吃午饭，观音娘娘的生期，刚刚由庵里转头。祖母问，父亲打发我来呢，还是母亲？我说，天后宫的尼姑收月米，母亲不知道往年的例。

“这算什么了不得的事呢，叫我！”

我暗自得计，坐在银姐对面的椅子上。银姐的母亲连忙吩咐银姐把刚才带回的云片糕给我，拿回去分弟弟。我慢慢的伸手接着，银姐的手缓缓的离开我，那手腕简直同塘里挖起来的嫩藕一般。

银姐的母亲往天井取浴盘，我装着瞧一瞧街的势子走出去，听得泼水的声响又走进来，银姐的母亲正在同祖母咕嗫：“人家蠢笨的，那知道这些躲避！”我几乎忍不住笑了，同时也探得了她们的确实的意见：阿焱还是一个娃娃。

早饭之后，我跑进银姐的家，银姐一个人靠着堂屋里八只手，脚踏莲花的画像前面的长几做针凿。我好像真个不知道：

“我的祖母在不在这里呢？”

“同妈妈在后房谈话。”银姐很和气的答着。

话正谈得高兴，祖母转头：“啊，今天是礼拜。”银姐的母亲也偏头呼喊一声：“银儿，引哥儿到后院打桑葚。”

后院有一棵桑树，红的葚，紫的葚，天上星那样丛密着。银姐拿起晾衣的竹竿一下一下的打，身子便随着竿子一下一下的弯；硼硼的落在地上，银姐的眼睛矍矍的忙个不开：

“拣，焱哥哥！”

只有“焱哥哥”到我的耳朵更清脆，更回旋，仿佛今天才被人这样称呼着。

我蹲下去拣那大而紫的了。“用什么装呢？”一手牵着长衫的一角……

“行不得！涂坏了衣服！”

荷包里掏出小小的白手帕递过我了。

中元节是我最忙的日子，邻舍同附近的同族都来请我写包袱。现在，又添了银姐一家了。远远望见我来，银姐的母亲笑嘻嘻的站在门口迎接着，（她对于我好像真是疼爱，我也渐渐不当她是泛泛的婆子。）仿佛经过相公的手，鬼拿去也更值钱些。墨同砚池都是银姐平素用来画花样的；笔，我自己早带在荷包；说声“水”，盛过香粉的玻璃瓶，早放在我的面前了。

“好一个水瓶！送给我不呢？”

“多着哩，只怕哥儿不要。”银姐的母亲忙帮着答应。随又坐在椅子上拍鞋灰：“上街有事，就回。”

“哈哈，这屋子里将只有我同银姐两个了！”

屋子里只有我同银姐两个了，银姐而且就在我的身旁，写好了的包袱她搬过去，没有写的又搬过来。我不知怎的打不开眼睛，仿佛太阳光对着我射！而且不是坐在地下，是浮在天上！挣扎着偏头一觑，正觑在银姐的面庞！——这面庞啊，——我呵，我是一只鸟，越飞越小，小到只有一颗黑点，看不见了，消融于天空之中了……

我照着簿子写下去，平素在学堂里竞争第一，也没有今天这样起劲，并不完全因为银姐的原故，包袱封裹得十分匀净，（大约也是银姐的工作罢）笔也是一枝新的，还只替自己家同一位堂婶子写过，——那时嫌太新，不合式。写到：

故显考……冥中受用

孝女……化袱上荐

我迟疑了：我的祖父是父亲名字荐，我的死去了的堂叔是堂兄名字荐，都是“孝男”，哪里有什么“孝女”呢？——其实……“故曾祖”，“故祖”底下，又何尝不是……“孝曾孙女”，“孝孙女”？

我写给我的祖父，总私自照规定的数目多写几个，现在便也探一探银姐的意见：

“再是写给你的爸爸了。”

银姐突然把腰一伸，双手按住正在搬过来的一堆：

“哪，——簿子上是什么记号呢？”

“八。”

“十二罢。”

银姐的母亲已经走进门来了。买回半斤蜜枣，两斤蛋糕，撒开铺在我的面前。银姐立刻是一杯茶，也掏枚蜜枣放在自己的口里：

“妈妈，来罢！不吃，焱哥哥也不吃。”

有月亮的晚上，我同银姐，还杂着别的女孩，聚在银姐的门口玩。她们以为我会讲洋话，见了星也是问，见了蝙蝠也是问，“这叫什么呢？”其实我记得清楚的，只不过wife，girl，……之类，然而也不能不勉强答应，反正她们是一个不懂。各人的母亲唤回各人的女儿了，剩下的只有我同银姐，（银姐的母亲知道在自己门口；我跟祖母来，自然也跟祖母去。）我的脚指才舒好的踏地，不然，真要钩断了：“还不滚！”银姐坐在石阶的上级，我站在比银姐低一级；银姐望天河，我望银姐的下巴。我想说一句话，说到口边却又吞进去了。

“七月初八那一日，我大早起来望鸦鹊，果然有一只集在桑树……”

“羽毛蓬乱些不呢？”

“就是看这哩。倒不见得。”

“银姐！……”

传世散文经典

因为爱情

“乍么？”

“我——我们两个咂嘴……”

“呸！下流！”

我羞到没有地方躲藏了。

这回我牵着祖母回家，心里憧憧不安：“该不告诉妈妈罢？”——倘在平时，“赶快！赶快把今天过完，就是明天！”

这已经是十年的间隔了：我结婚后第一次回乡，会见的祖母，只有设在堂屋里的灵位；“奶奶病愈勿念”，乃是家人对于千里外的爱孙的瞒词。妻告诉我，一位五十岁的婆婆，比姑妈还要哭的利害，哭完了又来看新娘，跟着的是一位嫂嫂模样的姐儿，拿了放在几上的我的相片，“这是焱哥哥吗？”

“啊……”

1923年12月10日脱稿。

听潮的故事

鲁彦

一年夏天，趁着刚离开厌烦的军队的职务，我和妻坐着海轮，到了一个有名的岛上。

这里是佛国，全岛周围三十里中，除了七八家店铺以外，全是寺院。为了要完全隔绝红尘的凡缘，几千个出了俗的和尚绝对地拒绝了出家的尼姑在这里修道，连开店铺的人也被禁止了带女眷在这里居住。荤菜是不准上岸的，开店的人也受这拘束。

只有香客是例外，可以带着女眷，办了荤菜上这佛国。岛上没有旅店，每一个寺院都特设了许多房子给香客住宿，而且准许男女香客同住在一间房子里。厨房虽然是单煮素菜的，但香客可以自备一只锅子，在那里烧肉吃。这样的香客多半是去观光游览的，不是真正烧香念佛的香客。

我们就属于这一类。

这时佛国的香会正在最热闹的时期里，四方善男信女都跨山过海集中在这里。寺院里一天到晚做着佛事，满岛上来去进香领牒的男女恰似热锅上的蚂蚁，把清净的佛国变成了热闹的都市。

我们游览完了寺刹和名胜，觉得海的神秘和伟人不是在短促的时间里领略得尽，便决计在这岛上多住一些时候，待香客们散尽再离开。几天后，我们选了一个幽静的寺院，搬了过去。

它就在海边，有三间住客的房子，一个凉台还突出在海上，当时这三间房子里正住着香客，当家的答应过几天待他们走了就给我们一间房子，我们便暂在靠海湾的一间楼房住下了。

楼房的地位已经相当的好，从狭小的窗洞里可以望见落日和海湾尽头的角。每次潮来的时候，听见海水冲击岩石的声音，看见空中细雨似的，朝雾似的，暮烟似的飞沫的升落。有时它带着腥气，带着咸味，一直冲进了我们的小窗，粘在我们的身上，润湿着房中的一切。

像是因为寺院里的地点偏僻了一点的缘故，到这里来的香客比较少了许多，佛事也只三五天一次，住宿在寺院里的香客只有十几个人。这冷静正合我们的心意，而我们的来到，却仿佛因为减少了寺院里的一分冷静，受了当家的欢迎，待遇显得特别周到：早上晚上和中午三时，都有一些不同的点心端了出来，饭菜也很鲜美，进出的时候，大小和尚全对我们打招呼有时当家的还特地跑了来闲谈。

这一切都使我们高兴，妻简直起了在那里住上几个月的念头了。

“要是搬到了突出在海上的房子里，海就完全属于我们的了！”妻渴望地说。

过了几天，那边走了一部分香客，空了一间房子出来，我们果然搬过去了。

这里是新式的平屋，但因为突出在海上，它像是楼房。房间宽而且深，中间一个厅。住在厅的那边的房里的是一对年轻的夫妻，才从上海的一个学校里毕业出来，目的想在这里一面游玩，一面读书，读过暑假。

“现在这海——这海完全是我们的了！”当天晚上，我们靠着凉台的栏杆，赏玩海景的时候，妻又高兴地叫着说。

大海上一片静寂。在我们的脚下，波浪轻轻地吻着岩石，睡眠了似的。在平静的深谙的海面上，月光辟了一条狭而且长的明亮的路，闪闪地颤动着，银鳞一般。远处灯塔上的红光镶在黑暗的空间，像是一个宝玉。它和那海面银光在我们面前揭开了海的神秘——那不是狂暴的不测的可怕的神秘，那是幽静的和平的愉悦的神秘。我们的脚下仿佛轻松起来，平静地，宽怀地，带着欣幸和希望，走上了那银光的道路，朝着宝玉般的红光走了去。

“岂止成佛呵！”妻低声的说着，偏过脸来偎着我的脸。她心中的喜悦正和我的一样。

海在我们脚下沉吟着，诗人一般。那声音像是朦胧的月光和玫瑰花间的晨雾那样的温柔，像是情人的密语那样的甜蜜。低低地，轻轻地，像微风拂过的琴弦，像落花飘在水上。

海睡熟了。

大小的岛屿拥抱着，依偎着，也静静地朦胧地入了睡乡。

星星在头上也眨着疲倦的眼，也将睡了。

许久许久，我们也像入了睡似的，停止了一切的思念和情绪。

不晓得过了多少时候，远处一个寺院里的钟声突然惊醒了海的沉睡。它现在激起了海水的兴奋，渐渐向我们脚下的岩石推了过来，发出哺哺的声音，仿佛谁在海里吐着气。海面的银光跟着翻动起来，银龙似的。接着我们脚下的岩石里就像铃子、铙钹、钟鼓在响着，愈响愈大了。

没有风。海自己醒了，动着。它转侧着，打着呵欠，伸着腰和脚，抹着眼睛。因为岛屿挡住了它的转动，它在用脚踢着，用手拍着，用牙咬着。它一刻比一刻兴奋，一刻比一刻用力。岩石渐渐起了战栗，发出抵抗的叫声，打碎了海的鳞片。

海受了创伤，愤怒了。

它叫吼着，猛烈地往岸边袭击了过来，冲进了岩石的每一个罅隙里，扰乱岩石的后方，接着又来了正面的攻击，刺打着岩石的壁垒。

声音越来越大了。战鼓声，金锣声，枪炮声，呐喊声，叫号声，哭泣声，马蹄声，车轮声，飞机的机翼声，火车的汽笛声，都掺杂在一起，千军万马混战了起来。

银光消失了。海水疯狂地汹涌着，吞没了远近的岛屿。它从我们的脚下浮了起来，雷似地怒吼着，一阵阵地将满带着血腥的浪花泼溅在我们的身上。

“可怕的海！”妻战栗地叫着说，“这里会塌哩！”

“哪里的话！”

“至少这声音是可怕得够了！”

“伟大的声音！海的美就在这里了！”我说，“你看那红光！”妻指着远处越发明亮的灯塔上的红灯说，“它镶在黑暗的空间，像是血！可怕的血！”

“倘若是血，就愈显得海的伟大哩！”

妻不复做声了，她像感觉到我的话的残忍似的，静默而又恐怖地走进了房里。

现在她开始起了回家的念头。她不再说那海是我们的话了。每次潮来的时候，她便忧郁地坐在房里，把窗子也关了起来。

“向来是这样的，你看！”退潮的时候，我指着海边对她说。“一来一去，是故事！来的时候凶猛，去的时候多么平静呵！一样的美！”

然而她不承认我的话。她总觉得那是使她恐惧，使她厌憎的。倘使我的感觉和她的一样，她愿意立刻就离开这里。但为了我，她愿意再留半个月。我喜欢海，尤其是潮来的时候。因此即使是和妻一道关在房子里，从闭着的窗户里听着外面模糊的潮音，也觉得很满意，再留半个月，尽够欣幸了。

一天，两天，我珍视的日子，已经过去了四天。我们的寺院里忽然来了肥胖的外国人，随带着一个中国茶房，几件行李，那是和尚们从轮船码头上接来的。当家的陪他们到我们的屋子里看了一遍，合了他们的意以后，忽然对我们对面住着的年轻夫妻提出了迁出的要求。

“一样给你们钱，为什么要我们让给外国人？”他们拒绝了。

随后就要求轮到了我们，也得到了同样的回答。

当家的去后，别的和尚又来了，他们明白的说明了外国人可以多出一点钱的原因，要求我们四个同住在一间房子里，让一间房子出来给外国人。他们甚至已经把行李搬到我们的厅里来了。

“什么话！”年轻的学生发怒了。“外国人出多少钱，我们也出多少钱就是！我们都有女眷，怎么可以同住在一间房子里！”

他们受不了这侮辱，开始骂了起来，终于立刻卷起行李，走了。妻也生了气，提议一道走。但我觉得这是常情，劝她忍受一下。

“只有十天了。管他这些！谁晓得什么时候还能再来听这潮音呵！”

妻的气愤虽然给我劝住了，但因她的感觉的太灵敏，却愈加不快活起来。她远远的看见了路上的香客，就以为是到这个寺院来住的，怀疑着我们将得到第二次驱逐。她觉察出当家的已几天没有来和我们打招呼，大小和尚看见我们的时候脸上没有笑容，菜蔬也坏了，甚至生了虫的。

“早些走吧！”妻时常催促我。

“只有八天了。”我说。

“不能留了！”过了一天，妻又催了。

“只有七天了。”

“只有六天，五天半了。”我又回答着妻的催促。

“等到将来我们有了钱，自己在海边造起房子来，尽你享受的，那时海就完全是你的了！”

“好了，好了，只有四天半了哩！”以后不再到海边听潮也行。海是不能属于一个人的。造了房子，说不定还要做和尚的。

然而妻终于不能忍耐了。这天晚上，当家的忽然跑来和我们打招呼，脸上没有一点笑容。

“香期快完了，大轮船不转这里，菜蔬会成问题哩！……”

我们看见他给外国人吃的菜比我们好而且多到几倍。他说这话，明明是一种逐客的借口，甚至是一种恫吓。

“我们就要走了！你不用说谎！”

“哪里，哪里！”他狡猾地微笑一下，走了。

“都是你糊涂！潮呀，海呀，听过一次，看过一次，就够了，偏要留着不肯走！明天再不走，还要等到人家把我们的行李摔出去吗？我刚才已经看见他们又接了两个香客来了！”妻喃喃地埋怨着。

“好，好，明天就走吧，也享受得够快乐了！”

“受了人家的侮辱，还说快乐！”

“那是常情，”我说，“到处都一样的。”

“我可受不了！”

“明天一上轮船，这些事情就成为故事了。二十四，二十三，二十二，二十一，十八，不是只有十八个钟头了吗？”我笑着说。

然而这时间也确实有点难以度过。第二天早晨，正当我们取了钱，预备去付账，声明下午要走的时候，我们的厅堂里忽然又搬进行李来了，正放在我们这一边。那正是昨天才来的香客。

妻气得失了色，说不出话来，只是瞪着眼睛望着我。不用说，当家的立刻又要来到，第一次的故事又要重演一次了。

“给这故事变一个喜剧让妻消一点闷吧！”我这样想着，从箱子里取出了军队里的制服，穿在身上，把那方绫的符号和银质的徽章特别露挂在外面，往厅里走了去。

当家的正从外面走了进来，看见我的奇异的形状，突然站住了。

他非常惊愕地注视着我，皱一皱眉头，又立刻现出了一个不自然的笑容。

“鲁……”他不晓得应该怎样称呼我了，机械地合了掌，“老爷，你好！”

“有什么事吗，当家的？”我瞪着眼望他。

“没有什么——特来请个安。唔！这是谁的行李？”

他转过头去，问跟在后背的小和尚。

“这就是李先生的。”

“阿弥陀佛！快些拿去！快些拿去！——这样不中用！”

“到我房子里坐坐吧，当家的，我正想去找你呢！”

“是，是，”他睁着疑惑的眼光注意着我的脸色。“请不要生气，吵闹了你，这完全是他们弄错了。咳！真不中用！请老爷多多原谅。”他又对站在我后背发笑的妻合着掌说：“请太太多多原谅！”

“哪里，哪里！”我微笑地回答着。

我待他跟进了房里，从衣袋里摸出几张钞票，放在他面前说：“我们今天要走了，当家的，这一点点香钱，请收了吧。”

他惊愕地站着，又机械地合了掌，似乎还怀疑着我发了气。

“原谅，老爷！我们太怠慢了！天气热得很，还请住过夏再走！钱是决不敢领的！”

为要使他安静，我反复地说明了要走的原因，是军队里的假期已满，而且还有别的重要的公事。钱呢，是给他买香烛的，必须给我们收下。他安了心，恭敬地合着掌走了，不肯拿钱。我叫茶房送去了两次，他又亲自送了回来。最后我自己送了去，说了许多话，他才收下了。

他办了一桌酒席，给我们送行，又送了一些佛国的特产和蔬菜。

“这一个玩笑开得太凶了！和尚也可怜哩”现在妻的气愤不但完全消失，反而觉得不忍了。

“这只是平常的故事，一来一去，完全和潮一样的！”我说，“无爱无憎，才能见到真正的美，所以释迦成了佛呢！”

“无论你怎样玄之又玄，总之这海，这潮，这佛国，使我厌憎！”妻临行前喃喃的不快活的说。

她没有注意到当家的站在门口，还在大声的说着，要我们明年再来。

窄狭

韦素园

我那时是在K地，住在城的南门外慈关里。

我每日做着辛苦的工作，这事是我个人心中不愿做的。我感觉寂寞。

每天早晨——我那时几乎失眠——天一明我便从床上爬起来，

穿好了衣，携着手杖，冒着寒雪，我信步地走出去。我那时是到一个离我住处有四五里路的乡间火车站。我默默在想。今天我要会着了人呢，结果我是孤单单地又沿着原路，转到家去。

呵，呵。我原是要这样消磨我的生活。

日子向前过去。

忽然，有一天来了一封奇异的信件。是从异邦O地寄给我的。哦，我想这是谁呢？

拆开一看：黎沙！

“从你兄弟那里我才知道你到了K地并且做着那样的工作，这是你的真心所愿么？我心中不胜惊奇和骇异！

“听说你是为着生活。并且为着朋友，也为着兄弟，但我要请求你，我要请你，为着人生的前途，你也要顾惜到你自己。”

日子照例地向前过去，我又接到了她的第二封信，是先前那些话，不过末尾似乎更多加添了一句：

“你太爱你的朋友和兄弟！”

我当时很惊奇。当时，她是个高尚的女郎，当我和她认识时，我们同住在扬子江边的一个城上。我每次到她家，都被她亲密地招待到她的卧室里。这里面陈设的有碑体的字，有湘绣的画，有精雅的琴笛，有阔绰的几椅……呵。我那时想，在这个小小的城市里，有这样的姑娘，这是何等的奇妙，这是何等的神秘！……现在，我想，她的心为什么这样“窄狭”？我为朋友兄弟做点事，她好像有点不高兴呢。

最后，终于为着她的关系我离开了K地。

这样，我不久便也病了，而且很重。

是一个阴黑的暮晚，一个严冷的天气，我在一个垂危的病床上。接到了她的最后一个明信片，上面写着仅仅四个字：

“我很失望！”

几年的时光过去，我仍然默默地在想。

忽然我明白了，只有黎沙，她曾经爱过我，因为她的心是那样的“窄狭”。

西山的月

沈从文

“求你将我放在你心上如印记，带在你臂上如戳记。”我念诵着雅歌来希望你，我的好人。

你的眼睛还没掉转来望我，只起了一个势，我早惊乱得同一只听到弹弓弦子响中的小雀了。我是这样怕与你灵魂接触，因为你太美丽了的原故。

但这只小雀它愿意常常在弓弦响声下惊惊惶惶乱窜，从惊乱中它已找到更多的舒适快括了。

在青玉色的中天里，那些闪闪烁烁底星群，有你底眼睛存在：因你底眼睛也正是这样闪烁不定，且不要风吹。

在山谷中的溪涧里，那些清莹透明底出山泉，也有你底眼睛存在：你眼睛我记着比这水还清莹透明，流动不止。

我侥幸又见到你一度微笑了。是在那晚风为散放的盆莲旁边。这笑里有清香，我一点都不奇怪，本来你笑时是有种比清香还能入人心脾的东西！

我见到你笑了，还找不出你的泪来。当我从一面篱笆前过身，见到那些嫩紫色牵牛花上负着的露珠，便想：倘若是她有什么不快事缠上了心，泪珠不是正同这露珠一样美丽，在凉月下会起虹彩吗？

我是那么想着，最后便把那朵牵牛花上的露珠用舌子舔干了。

怎么这人哪，不将我泪珠穿起？这你必不会这样来怪我，我实在没有这种本领，不知要怎样去穿。我头发白的太多了，纵使我能，也找不到穿它的东西！

病渴的人，每日里身上疼痛，心中悲哀，你当真愿意不愿给渴了的人一点甘露喝？

这如像做好事的善人一样：可怜路人的渴涸，济以茶汤，恩惠将附在这路人心上，做好事的人将蒙福至于永远。

我日里要做工，没有空闲。在夜里得了休息时，便沿着山涧去找你。我不怕虎狼，也不怕伸着两把钳子来吓我的蝎子，只想在月下见你一面。

碰到许多打起小小火把夜游的萤火，问它朋友朋友，你曾见过一个人吗？它说你找那个人是个甚么样子呢。

我指那些闪闪烁烁的群星，哪，这是眼睛；

我指那些飘忽自云，哪，这是衣裳；

我要它静心去听那些涧泉和音，哪，她声音同这一样；

我末了把刚从花园内摘来那朵粉红玫瑰在它眼前晃了一下，哪，这是脸——

这些小东西，虽不知道什么叫做骄傲，还老老实实听我所说的话。但当我说了时，问它清白没有？只有头摇了摇就想跑。

“怎么，究竟见不见到呢？”——我赶着它问。“我这灯笼照我自己全身还不够！先生，放我吧，不然，我会又要绊倒在那些不忠厚的蜘蛛设就的圈套里……虽然它也不能奈何我，但我不愿意同它麻烦。先生，你还是问别个吧，再扯着我会赶不上她们了”——它跑去了。

我行步迟钝，不能同它们一起遍山遍野去找你——但凡是山上有月色流注的地方我都到了，不见你底踪迹。

回过头去，听那边山下有歌声飘扬过来，这歌声出于目光只能在垣外徘徊的狱中。我跑去为它们祝福：

你那些强健无知的公绵羊啊！

神给了你强健却吝了智识：

每日和平守分地咀嚼主人给你们的窝窝头，

疾病与忧愁永不凭附于身；

你们是有福了——阿们！

……

你那些懦弱无知的母绵羊啊！

神给了你温柔却吝了智识：

每日和平守分地咀嚼主人给你们的窝窝头，

失望与忧愁永不凭附于身；

你们也是有福了——阿们！

……

世界之征一时侵不到你们身上，

你们但和平守分地生息在圈牢里：

能证明你主人底恩惠——

同时证明了你主人底富有，

你们都是有福了——阿们！

当我起身时，有两行眼泪挂在脸上。为别人流还是为自己流呢？我自己还要问他人。但这时除了中天那轮凉月外，没有能做证明的人。

我要在你眼波中去洗我的手，摸到你的眼睛，太冷了。

倘若你的眼睛真是这样冷，在你鉴照下，有个人的心会结成冰。

墓畔哀歌（节选）

石评梅

一

我由冬的残梦里惊醒，春正吻着我的睡靥低吟！晨曦照上了窗纱，望见往日令我醺醉的朝霞，我想让丹彩的云流，再认认我当年的颜色。

披上那件绣着蛱蝶的衣裳，姗姗地走到尘网封锁的妆台旁。

呵！明镜里照见我憔悴的枯颜，像一朵颤动在风雨中苍白凋零的梨花。

我爱，我原想追回那美丽的皎容，祭献在你碧草如茵的墓旁，谁知道青春的残蕾已和你一同殉葬。

二

假如我的眼泪真凝成一粒一粒珍珠，到如今我已替你缀织成绕你玉颈的围巾。

假如我的相思真化作一颗一颗的红豆，到如今我已替你堆集永久忽忘的爱心。

哀愁深埋在我心头。

我愿燃烧我的肉身化成灰烬，我愿放浪我的热情怒涛汹涌，天呵！这蛇似的蜿蜒，蚕似的缠绵，就这样悄悄地偷去了我生命的青焰。

我爱，我吻遍了你墓头青草在日落黄昏；我祷告，就是空幻的梦吧，也让我再见见你的英魂。

三

明知道人生的尽头便是死的故乡，我将来也是一座孤冢，衰草斜阳。有一天呵！我离开繁华的人寰，悄悄入葬，这非艳的爱情一样是烟消云散，昙花一现，梦醒后飞落在心头的都是些残泪点点。

然而我不能把记忆毁灭，把埋我心墟上的残骸抛却，只求我能永久徘徊在这垒垒荒冢之间，为了看守你的墓茔，祭献那茉莉花环。

我爱，你知否我无言的忧衷，怀想着往日轻盈之梦。梦中我低低唤着你小名，醒来只是深夜长空有孤雁哀鸣！

四

黯淡的天幕下，没有明月也无星光，这宇宙像数千年的古墓；皑皑白骨上，飞动闪映着惨绿的磷花。我匍匐哀泣于此残锈的铁栏之旁，愿烘我愤怒的心火，烧毁这黑暗丑恶的地狱之网。

命运的魔鬼有意捉弄我弱小的灵魂，罚我在冰雪寒天中，寻觅那凋零了的碎梦。求上帝饶恕我，不要再惨害我这仅有的生命，剩得此残躯在，容我杀死那狞恶的敌人！

我爱，纵然宇宙变成烬余的战场，野烟都腥：在你给我的甜梦里，我心长系驻于虹桥之中，赞美永生！

五

我镇天踯躅于垒垒荒冢，看遍了春花秋月不同的风景，抛弃了一切名利虚荣，来到此无人烟的旷野，哀吟缓行。我登了高岭，向云天苍茫的西方招魂，在绚烂的彩霞里，望见了我沉落的希望之陨星。

远处是烟雾冲天的古城，火星似金箭向四方飞游！隐约的听见刀枪搏击之声，那狂热的欢呼令人震惊！在碧草萋萋的墓头，我举起了胜利的金觥，饮吧我爱，我奠祭你静寂无言的孤冢！

星月满天时，我把你遗我的宝剑纤手轻擎，宣誓向长空：愿此生永埋了英雄儿女的热情。

六

假如人生只是虚幻的梦影，那我这些可爱的映影，便是你赠与我的全生命。我常觉你在我身后的树林里，骑着马轻轻地走过去。常觉你停息在我的窗前，徘徊着等我的影消灯熄。常觉你随着我唤你的声音悄悄走近了我，又含泪退到了墙角。常觉你站在我低垂的雪帐外，哀哀地对月光而叹息！

在人海尘途中，偶然逢见个像你的人，我停步凝视后，这颗心呵！便如秋风横扫落叶般冷森凄零！我默思我已经得到爱的心，如今只是荒草夕阳下，一座静寂无语的孤冢。

我的心是深夜梦里，寒光闪灼的残月，我的情是青碧冷静，永不再流的湖水。残月照着你的墓碑，湖水环绕着你的坟，我爱，这是我的梦，也是你的梦，安息吧，敬爱的灵魂！

七

我自从混迹到尘世间，便忘却了我自己；在你的灵魂我才知是谁?

记得也是这样夜里。我们在河堤的柳丝中走过来，走过去。我们无语，心海的波浪也只有月儿能领会。你倚在树上望明月沉思，我枕在你胸前听你的呼吸。抬头看见黑翼飞来掩遮住月儿的清光，你抖颤着问我：假如这苍黑的翼是我们的命运时，应该怎样?

我认识了欢乐，也随来了悲哀，接受了你的热情，同时也随来了冷酷的秋风。往日，我怕恶魔的眼睛凶，白牙如利刃；我总是藏伏在你的腋下趑趄不敢进，你一手执宝剑，一手扶着我践踏着荆棘的途径，投奔那如花的前程！

如今，这道上还留着你斑斑血痕，恶魔的眼睛和牙齿再是那样凶狠。但是我爱，你不要怕我孤零，我愿用这一纤细的弱玉腕，建设那如意的梦境。

槐园梦忆

——悼念故妻程季淑女士（节选）

梁实秋

美国不是一个适于老年人居住的地方，一棵大树，从土里挖出来，移植到另外一个地方去，都不容易活，何况人？人在本乡本土的文化里根深蒂固，一挖起来总要伤根，到了异乡异地水土不服自是意料中事。季淑肯到美国来，还不是为了我？

西雅图地方好，旧地重游，当然兴奋。季淑看到了她两年前买的一棵山杜鹃已长大了不少，心里很欢喜。有人怨此地气候潮湿，我们从台湾来的人只觉得其空气异常干燥舒适。她来此后风湿性关节炎没有严重的复发过，我们私心窃喜。每逢周末，士耀驾车，全家出外郊游，她的兴致总是很高，咸水公园捞海带，植物园池塘饲鸭，摩基提欧轮渡码头喂海鸥，奥林匹亚啤酒厂参观酿造，斯诺夸密观瀑，义勇军公嗣温室赏花，布欧尔农庄摘豆，她常常乐而忘疲。从前去过加拿大维多利亚拔卓特花园，那里的球茎秋海棠如云似锦，她常念念不忘。但是她仍不能不怀念安东街寓所她手植的那棵面包树，那棵树依然无恙。我在1973年1月11日（壬子腊八）戏填一首俚词给她看：

恼燕无端天末去。几度风狂，不道岁月暮。莫叹旧居无觅处，犹存墙角面包树。

目断长空迷津渡。泪眼倚楼，楼外青无数。往事如烟如柳絮，相思更是春常驻。

事实上她从来不对任何人有任何想诉，只是有的时候对我掩不住她的一缕乡愁。

在百无聊赖的时候季淑就织毛线。她的视神经萎缩，不能多阅读，织毛线可以不太耗目力，在织了好多件成品之后她要给我织一件毛衣，我怕她太劳累，宁愿继续穿那一件旧的深红色的毛衣，那也是她给我织的，不过是四十几年前的事了。我开始穿那红毛衣的时候，杨金甫还笑我是“暗藏春色”。如今这红毛衣已经磨得光乎，没有一点毛。有一天她得便买了毛线回来，天蓝色的，十分美观，没有用多少工夫就织成了，上身一试，服服帖帖。她说：“我给你织这一件，要你再穿40年。”

岁月不饶人，我们两个都垂垂老矣。有一天，她抚摩着我的头发，说：“你的头发现在又细又软，你可记得从前有一阵你不愿进理发馆，我给你理发，你的头发又多又粗。硬得像是板刷，一剪子下去，头发渣迸得满处都是。”她这几句话引我想起英国诗人彭士（Robert Bums）的一首小诗：

约翰·安德森我的心肝

约翰·安德森我的心肝，约翰，
想当初我们俩刚刚相识的时候，
你的头发黑得像是乌鸦一般。
你的美丽的前额光光溜溜，
但是如果你的头秃了，约翰，
你的头发白得像雪一般，
但愿上天降福在你的白头上面，
约翰·安德森我的心肝！
约翰·安德森我的心肝，约翰，

我们俩一同爬上山去，

很多快乐的日子，约翰，

我们是在一起过的。

如今我们必须蹒跚的下去，约翰。

我们要手拉手的走下山去，在山脚下长眠在一起，

约翰·安德森我的心肝！

我们两个很爱这首诗，因为我们深深理会其中深挚的情感与哀伤的意味。我们就是正在“手拉着手的走下山”。我们在一起低吟这首诗不知有多少遍！

季淑怵上楼梯，但是餐后回到室内需要登楼，她就四肢着地的爬上去，她常穿一件黑毛绒线的上衣，宽宽大大的，毛毛茸茸的，在爬楼的时候我常戏言：“黑熊，爬上去！”她不以为忤，掉转头来对我吼一声，做咬人状。可是进入室内，她就倒在我的怀内，我感觉到她的心脏扑通扑通的跳。

我们不讳言死，相反的，还常谈论到这件事。季淑说：“我们已经偕老，没有遗憾，但愿有一天我们能够口里喊着‘一、二、三’，然后一起同时死去。”这是太大的奢望，恐怕总要有个先后。先死者幸福，后死者苦痛。她说她愿先死，我说我愿先死。可是略加思索，我就改变主张，我说：“那后死者的苦痛还是我来承

当吧！”她谆谆的叮嘱我说，万一她先我而死，我须要怎样的照顾我自己，诸如工作的时间不要太长，补充的药物不要间断，散步必须持之以恒，甜食不可贪恋——没有一项细节她不曾想到。

我想手拉手的走下山也许尚有一段路程。申请长久居留的手续已经办了一年多，总有一天会得到结果，我们将双双的回到本国的土地上走一道。再过两年多，便是我们结婚50周年，在可能范围内要庆祝一番，我们私下里不知商量出多少个计划。谁知道这两个期望都落了空！

4月30日那个不祥的日子！命运突然攫去了她的生命！上午10点半我们手拉着手到附近市场去买一些午餐的食物，市场门前一个梯子忽然倒下，正好击中了她。送医院急救，手术后未能醒来，遂与世长辞。在进入手术室之前的最后一刻，她重复的对我说：“华，你不要急！华，你不要着急！”这是她最后对我说的一句话，她直到最后还是不放心我，她没有顾虑到她自己的安危。到了手术室门口，医师要我告诉她，请她不要紧张，最好是笑一下，医师也就可以轻松的执行他的手术。她真的笑了，这是我在她生时最后看到的她的笑容！她在极痛苦的时候，还是应人之请做出了一个笑容！她一生茹苦含辛，不愿使任何别人难过。

我说这是命运，因为我想不出别的任何理由可以解释。我问天，天不语。哈代（Thomas Hardy）有一首诗《二者的辐合》（The Convergence of the Twain），写1912年4月15日豪华邮轮“铁达尼”号在大西洋上做处女航，和一座海上漂流的大冰山相撞，死亡在一千五百人以上。在时间上，空间上配合得那样巧，以至造成那样的大悲剧。季淑遭遇的意外，亦正与此仿佛，不是命运是什么？人世间常没有公道，没有报应，只是命运，盲目的命运！我像一棵树，突然一声霹雳，电火殛毁了半劈的树干，还剩下半株，有枝有叶，还活着，但是生意尽矣。两个人手拉着手的走下山，一个突然倒下去，另一个只好踉踉跄跄的独自继续他的旅程！

本文曾引录潘岳的悼亡诗，其中有一句：“上惭东门吴。”东门吴是人名，复姓东门，春秋魏人。《列子·力命》：“魏人有东门吴者，其子死而不忧，其相室曰：‘公之爱子，天下无有，今子死，不忧何也？’东门吴曰：‘吾常无子，无子之时不忧，今子死，乃与向无子同，臣奚忧焉？’”这个说法是很勉强的。我现在茕然一鳏，其心情并不同于当初独身未娶时。多少朋友劝我节哀顺变，变故之来，无可奈何，只能顺承，而哀从中来，如何能节？我希望人死之后尚有鬼魂，夜眠闻声惊醒，以为亡魂归来，而竟无灵异。白昼萦想，不能去怀，希望梦寐之中或可相觌，而竟不来入梦！环顾室中，其物犹故，其人不存。元微之《悼亡诗》有句：“惟将终夜常开眼，报答平生未展眉！”我固不仅是终夜常开眼也。

季淑逝后之翌日，得此间移民局通知前去检验体格，然后领取证书；又逾数十日得大陆子女消息。我只能到她的坟墓去涕泣以告。6月3日师大英语系同仁在台北善导寺设奠追悼，吊者二百余人，我不能亲去一恸，乃请陈秀英女士代我答礼，又信笔写一对联寄去，文曰："形影不离，五十年来成梦幻；音容宛在，八百里外吊亡魂。"是日我亦持诵金刚经一遍。口诵。一切有为法，如梦、幻、泡、影，如露亦如电，应作如是观，而我心有驻，不能免于实执。50余年来，季淑以其全部精力情感奉献给我。我能何以为报？秦嘉《赠妇诗》：

诗人枣木瓜，乃欲罄瑶琼。

愧彼赠我厚，惭此往物轻。

虽知未足报，贵用叙我情。

缅怀既往，聊当一哭！中心伤悲，掷笔三叹！

初恋的自白

胡也频

下面所说的，是一个青春已经萎谢，而还是独身着的人的故事：

大约是十二岁，父亲就送我到相隔两千余里之远的外省去读书，离开家乡，不觉间已是足足的三年零四个月了。就在这一年的端午节后三日得了我母亲的信，她要我回家，于是我就非常不能耐的等着时光的过去，盼望暑假到来；并且又像得了属于苦工的赦免一般，考完试验；及到了讲演堂前面那赭色古旧的墙上，由一个正害着眼病的校役，斜斜地贴出那实授海军少将的校长的放学牌示之时，我全个的胸膛里都充满着欢喜了，差不多快乐得脸上不断地浮现着微笑。

从这个学校回到我的家，是经过两个大海，但是许多人都羡慕的这一次的海上风光，却被我忽略去了，因为我正在热心的思想着家乡情景。

一切的事物在眷恋中，不必是美丽的，也都成为可爱了，——尤其是对于曾偷吃过我的珍珠鸟的那只黑猫，我也宽恕它既往的过失，而生起亲切的怀念。

到了家，虽说很多的事实和所想像的相差，但那欢喜却比意料的更大了。

母亲为庆贺这家庭中新的幸福，发出了许多请贴，预备三桌酒席说是替我接风。

第二天便来了大人和小孩的男男女女的客。

在这些相熟和只能仿佛地觉得还认识的客中，我特别注意到那几个年约十二三岁的女孩子。她们在看我的眼中，虽说模样各异，却全是可爱，但是在这可爱中而觉得出众的美丽的——是我不知道叫她做什么名字的那个。

因为想起她是和我的表姨妈同来，两人相像，我就料定她也是我的表妹妹；她只有我的肩头高。

“表妹！”一直到傍晚时分，我才向她说，这时她正和一个高低相等的女孩子，躲在西边的厢房里面，折叠着纸塔玩。

听我在叫她，她侧过脸来，现出一点害羞，但随着在娇媚的脸儿上便浮起微笑。

“是不是叫你做表妹？”我顺手拿起另一张纸，也学她折叠纸塔。

她不语。

那个女孩子也不知怎的，悄悄地走开了，于是这个宽大的厢房里面只剩下两个人，我和她。

她很自然，依样低头的，用她那娇小的手指，继续着折叠那纸塔。我便跑开去，拿来我所心爱的英文练习本，把其中的漂亮的洋纸扯开，送给她，并且我自己还折了火轮船，屋子，蝦蟆，和鸟儿之类的东西，也都送给她。她受了我的这些礼物，却不说出一句话来，只用她的眼光和微笑，向我致谢。

我忽然觉到，我的心原先是空的，这时才因她的眼光和微笑而充满了异样的喜悦。

她的塔折叠好了，约有一尺多高，就放在其余的纸物件中间，眼睛柔媚的斜着去看，这不禁使我小小的心儿跳动了。

“这好看，”我说。“把它送给我，行不行？”

她不说话，只用手把那个塔拿起来，放到我面前，又微笑，眼光充满着明媚。

我正想叫她一声“观音菩萨”，作为感谢，一个仆妇却跑来，并且慌慌张张的，把她拉走了，她不及拿去我送给她的那些东西。看她临走时，很不愿意离开的回望我的眼波，我惘然了，若有所失的对那些纸物件痴望。

因久等仍不见她来，我很心焦的跑到外面去找，但是在全屋子里面，差不多每一个空隙都瞧过了，终不见她的半点影子。于是，在我的母亲和女客们的谈话中间，关于她，我听到不幸的消息，那是她的父亲病在海外，家里突接到这样的信，她和她的母亲全回家去了。我心想，她今夜无论如何，是不会再到这里来上酒席了。我就懊悔到尽痴望纸塔，而不曾随她出去，在她身边，和她说我心里的话，要她莫忘记我；并且，那些纸折的东西也是应该给她的。我觉得我全然做错了。

我一个人闷闷的，又来到西厢房，看见那些小玩艺儿，心更惘然了；我把它们收起，尤其是那个塔，珍重地放到小小的皮箱里去。

这一夜为我而设的酒席上面，因想念她，纵有许多男男女女的客都向我说笑，我也始终没有感到欢乐，只觉得很无聊似的；我的心情是完全被怅惘所包围着。

由是，一天天的，我的心只希望着她能够再来，看一次她的影子也好；但是这希望，无论我是如何的诚恳，如何的急切，全等于梦，渺茫的，而且不可摸捉，使得我仿佛曾受了什么很大的损失。我每日怅怅的，母亲以为我有了不适，然而我能够向她说出些什么话呢？我年纪还小，旧礼教的权威又压迫着我的全心灵，我终于撒谎了，说是因为我的肚子受了寒气。

我不能对于那失望，用一种明瞭的解释，我只模模糊糊地觉得，没有看见她，我是很苦恼的。

大约是第四天，或是第五天吧，那个仆妇单独地来到，说是老爷的病症更加重，太太和小姐都坐海船走了。——呵！这些话在我的耳里便变成了巨雷！我知道，我想再见到她，是不可能的事了。我永远记着这个该诅咒的日子。

始终没有和她作第二的见面，那学校的开学日期却近了，于是我又离开家；这一次的离家依样带着留恋，但在我大部分的心中，是充满着恼恨。

在校中，每次写信给双亲的时候，我曾想——其实是因想到她，才想起给家里写信，但结果都被胆怯所制，不敢探问到她，即有时已写就了几句，也终于涂抹了，或者又连信扯碎。

第二年的夏天，我毕业了，本想借这机会回家去，好生的看望她，向她说出我许久想念她的心事；但当时却突然由校长的命令（为的我是高才生），不容人拒绝和婉却的，把我送到战舰上去实事练习了。于是，另一种新的生活，我就开始了，并且脚踪更无定，差不多整年的浮在海面，飘泊去，又飘泊来，离家也就更远了。因此，我也就更深的想念着她。

时光——这东西像无稽的梦幻，模糊的，在人的不知觉间，消去了，我就这样忽忽的，并且没有间断地在狂涛怒浪之中，足足的度过六年，我以为也像是一个星期似的。

其实，这六年，想起来是何等可怕的长久呵。在其间，尤其是在最后的那两年，因了我年纪的增长，我已明瞭所谓男女之间的关系了，但因这，对于我从幼小时所深印的她的影子，也随着更活泼，更鲜明，并且更觉得美丽和可爱了，我一想到她应该有所谓及笄年纪的时候，我的心就越跳跃，我愿向她这样说：我是死了，我的心烂了，我的一切都完了，我没有梦的背景和生活的希望了，倘若我不能得到你的爱！——并且我还要继续说——倘若你爱我，我的心将充满欢乐，我不死了，我富有一切，我有了美丽的梦和生活的意义，我将成为宇宙的幸福王子。……想着时，我便重新展览了用全力去珍重保存的那些纸折的物件，我简直要发狂了，我毫无顾忌地吻她的那个纸塔——我的心就重新挟击着两件东西：幸福和苦恼。

我应该补说一句：在这六年中，我的家境全变了，父亲死去，惟一的弟弟也病成瘫子，母亲因此哭瞎了眼睛，……那末，关于我所想念的她，我能用什么方法去知道呢？能在我瞎子的母亲面前，不说家境所遭遇的不幸，而恳恳的只关心于我所爱恋的她么？我只能常常向无涯的天海，默祷神护祐，愿她平安，快乐和美丽……！

倘若我无因的想起她也许嫁人，在这时，我应该怎样说？我的神！我是一个壮者，我不畏狂涛，不畏飓风，然而我哭了，我仿佛就觉得死是美丽，惟有死才是我最适合的归宿，我是失去我的生活的一切能力了。

不过，想到她还是待人的处女的时候，我又恢复了所有生活的兴趣，我有驱逐一切魔幻的勇气，我是全然醒觉了，存在了。

总而言之，假使生命须一个主宰，那末她就是主宰我生命的神！

我的生活是建设在她上面。

然而，除了她的眼光和微笑，我能够多得一些什么？

这一直到六年之最末的那天，我离开那只战舰，回到家里的时候……

能够用什么话去形容我的心情？

我看见到她（这是在表姨妈家里），她是已出嫁两年了，拖着毛毵毵黄头发不满周岁的婴儿，还像当年模样，我惊诧了，我欲狂奔去，但是我突然被了一种感觉，我又安静着；呵，只有神知道，我的心是如何的受着无形的利刃的宰割！

为了不可攻的人类的虚伪，我忘却了自己，好像的忘却了一般，我安静而且有礼的问她好，抚摩她的小孩，她也殷勤地关心我海上的生活情况并且叹息我家境的变迁，彼此都坦然的，孜孜地说着许许多多零碎的话，差不多所想到的事件都说出了。

真的，我们的话语是像江水一般不绝地流去，但是我始终没有向她说：

“表妹，你还记得么，七年前你折叠的那个纸塔，还在我箱子里呢！”

哭摩

陆小曼

我深信世界上怕没有可以描写得出我现在心中如何悲痛的一支笔。不要说我自己这支轻易也不能动的一支。可是除此我更无可以泄我满怀伤怨的心的机会了，我希望摩的灵魂也来帮我一帮。苍天给我这一霹雳直打得我满身麻木得连哭都哭不出，混身只是一阵阵的麻木。几日的昏沈直到今天才醒过来知道你是真的与我永别了。摩！慢说是你，就怕是苍天也不能知道我现在心中是如何的疼痛，如何的悲伤！从前听人说起“心痛”我老笑他们虚伪，我想人的心怎会觉得痛，这不过说说好听而已，谁知道我今天才真的尝著这一阵阵心中绞痛似的味儿了，你知道么？曾记得当初我只要稍有不适即有你声声在旁慰问，咳，如今我即使痛死也再没有你来低声下气的慰问了。摩，你是不是真的忍心永远的抛弃我了么？你从前不是说你我最后的呼吸也须要连在一起才不负你我相爱之情么？你为甚不早些告诉你是要飞去呢？直到如今我还是不信你真的是飞了，我还是在这儿天天盼望著你回来陪我呢，你快点将未了的事情办一下，来同我一同去到云外去优游去吧，你不要一个人在外逍遥，忘记了闺中还有我等著呢？

这不是做梦么，生龙活虎似的你倒先我而去，留著一个病恹恹的我单独与这满是荆棘的前途来奋斗。志摩，这不是太惨了么？我还留恋些甚么？可是回头看看我那苍苍白发的老娘，我不由一阵阵只是心酸，也不敢再羡你的清闲爱你的优游了，我再那有这勇气，去丢她这个垂死的人而与你双双飞进这云天里去围绕著灿烂的明星跳跃，忘却人间有忧愁有痛苦像只没有牵挂的梅花鸟。这类的清福怕我还没有缘去享受！我知道我在尘世间的罪还未满，尚有许多的痛苦与罪孽还等著我去忍受呢。我现在唯一的希望是你倘能在一个深沈的黑夜里，静静凄凄的放轻了脚步走到我枕边给我些无声的私语让我在梦魂中知道你！我的大大是回家来探望你那忘不了你的爱著了，那时间，我决不张皇！你不要慌，没有人会来惊扰我们的。

多少你总得让我再见一见你那可爱的脸我才有勇气往下过这寂寞的岁月，你来吧，摩！我在等著你呢。

事到如今我一些也不怨，怨谁好？恨谁好？你我五年的相聚只是幻影，不怪你忍心去，只怪我无福留，我是太薄命了，十年来受尽千般的精神痛苦，万样的心灵摧残，直将我这一颗心打得破碎得不可收拾，到今天才真变了死灰的了也再不会发出怎样的光彩了。好在人生刺激与柔情我也曾尝味，我也曾容忍过了。现在又受到了人生最可怕的死别。不死也不免是朵憔萎的花瓣再见不著阳光晒也不见甘露漫了。从此我再不能知道世间有我的笑声了。

经过了许多的波折与艰难才达到了结合的日子，你我那时快乐直忘记了天有多高地有多厚，也忘记了世界上有忧愁二字，快活的日子过得与飞一般的快，谁知道不久我们又走进愁城。病魔不断的来缠著我，它带著一切的烦恼，许多的痛苦，那时间我身体上受到不可言语的沈痛，你精神上也无端的沈入忧闷，我知道你见我病身吟呻，转侧床第，你心坎里有说不出的怜惜，满肠中有无限的伤感，你虽慰我，我无从使你再有安逸的日子，摩，你为我荒废了你的诗意，失却了你的文兴，受著一般人的笑骂，我也只是在旁默默自恨，再没有法子使你像从前的欢笑。谁知你不顾一切的还是成天安慰我，叫我不要因为生些病就看得前途只是黑暗，有你永远在我身边不要再怕一切无味闲论。我就听著你静心平气的养，只盼著天可怜我们几年的奋斗，给我们一个安逸的将来，谁知到如今一切都是幻影，我们的梦再也不能实现了，早知有今日何必当初你用尽心血的将我抚养呢？让我前年病死了，不是痛快得多么？你常说天无绝人之路，守著好了，那知天竟绝人如此，那儿还有我可以平坦著走的道儿？这不是命么？还说甚么？摩，不是我到今天还在怨你，你爱我，你不该轻身，我为你坐飞机，吵闹不知几次，你还是忘了我的一切叮咛，瞒著我独自飞上天去了。

完了，完了，从此我再听不见你那叽咕小语了，我心里的悲痛你知道么？我的破碎的心留著等你来补呢，你知道么？唉，你的灵魂也有时归来见我么？那天晚上我在朦胧中见著你往我身边跑，只是一霎眼就不见了，等我跳著，叫著你，再也不见一些模糊的影子了，咳，你叫我从此怎样度此孤单的岁月呢，真是叫天天不应，叫地地不响，苍天因何给我这样残酷的刑罚呢！从此我再不信有天道，有人心，我恨这世界，我恨天，恨地，我一切都恨，我恨他们为什么抢了我的你去，生生的将我们一颗碰在一起的心离了开去，从此叫我无处去摸我那一半热血未乾的心，你看，我这一半还是不断流著鲜红的血，流得满身只成了个血人，这伤痕除了那一半的心回来补，还有甚么法子叫她不滴滴的直流呢？痛死了有谁知道，终有一天流完了血自己就枯萎了。若是有时候你清风一阵的吹回来见著我成天为你滴血的一颗心，不知道又要如何的怜惜何等的张皇呢！我知道你又看直著两个小猫似眼珠儿乱叫乱叫著，看，看，的了，我希望你叫高声些，让我好听得见，你知道我现在只是一阵阵糊涂，有时人家大声的叫著我，我还是东张西望不知道声音是何处来的呢，大大，若是我正在接近著梦境，你也不要怕扰了我梦魂像平常人的不敢惊动我，你知道我再不会骂你了，就是你扰我从此不睡我也不敢再怨了，因为我只要再能得到你一次的扰，我就可以责问他们因你骗我说你不再回来，让他们看看我的摩还是丢不了我，乖乖的又回来陪伴著我了，这一回我可一定紧紧的搂抱你再不能叫你飞出我的怀抱了。天呀！可怜我，再让你回来一次吧！我没有得罪你，为甚么罚我呢？摩！我这儿叫你呢，我喉咙里叫得直要冒血了，你难道还没有听见么？直叫到铁树开花，枯木发声，我还是忍著心等，你一天不回来，我一天的叫，等著找那天没有了气我才甘心的丢开这唯一的希望。

你这一走不单是碎了我心，也收了许多朋友不少伤感的痛泪。这一下真使我们感觉到人世的可怕，世道的险恶，没有多少日子竟会将一个最纯白最天真一个不可多见的人收了去，与人世永诀。在你也许到了天堂，在那儿还一样过你的欢乐日子，可是你将我从此就断送了，你从前不是说要我清风似的常在你的左右么？好，现在倒是你先化著一阵清风飞去天边了，我盼你有时也吹回来帮著我做些未了的事情，要是你有耐心的话，最好是等著我将人事办完了同著你一同化风飞去，让朋友们永远只听见我们的风声而不见我们的人影，在黑暗里我们好永远逍遥自由的飞舞。

我真不明白你我在佛经上是怎样一种因果，既有缘相聚又因何中途分散，难道说这也有一定的定数么？记得我在北平的时候，那时还没有认识你我是成天的过著那忍泪假笑的生活，我对人老含著一片至诚纯白的心而结果反遭不少人的讥诮，竟可以说没有一个人能明白我，能看透我。一个人遭著不可言语的痛苦，当然不由的生出厌世之心，所以我一天天的只是藏起了我的真实的心而拿一个虚伪的心来对付这混浊的社会，也不希望再有人来能真直的认识我明白我。甘心愿意从此自相摧残的快快了此残生，谁知道就在那时候遇见了你，真如同在黑暗见著了一线光明，垂死的人又透了一口气，生命从此转了一个方向。摩摩，你明白我的，真可算是透切极了，你好像是成天钻在我的心房里似的，直到现在还只是你一个人是真还懂得我的。我记得我每遭人辱骂的时候你老是百般的安慰我，使得我不得不对你生出一种不可言喻的感觉，我老说，有你，我还怕谁骂，你也常说，只要我老明白你，你的人是我一个人的，你又为甚么要去顾虑别人的批评呢？所以我那怕成天受著病魔的缠绕也再也不敢有所怨恨的了。我只是对你满心的歉意，因为我们理想中的生活全被我的病魔来打破，连累著你成天也过那愁闷的日子。可是二年来我从未见你有一些怨恨，也不见你因此对我稍有冷淡之意。也难怪文伯要说，你对我的爱是Complete and true的了，我只怨我真是无以对你，这，我只好报之于将来了。

我现在不顾一切往著这满布荆棘的道路上去走，去寻一点真实的发展，你不是常怨我跟你几年没有受著一些你的诗意的陶镕么？我也实在是惭愧，真也辜负你一片至诚的心了，我本来一百个放心，以为有你永久在我身边，还怕将来没有一个成功么？谁知现在我只得独自奋斗，再不能得你一些相助了，可是我若能单独撞出一条光明的大路也不负你爱我的心了，愿你的灵魂在冥冥中给我一点勇气，让我在这生命的道上不感受到孤立的恐慌。我现在很决心的答应你从此再不张著眼睛做梦躺在床上乱讲，病魔也得最后与它决斗一下，不是它生便是我倒，我一定做一个你一向希望我所能成的一种人，我决心做人，我决心做一点认真的事业，虽然我头顶只见乌云，地下满是黑影，可是我还记得你常说“受苦的人没有悲观的权力。”一个人决不能让悲观的慢性病侵蚀人的精神，同厌世的恶质染黑人的血液。我此后决不再病（你非暗中保护不可）我只叫我的心从此麻木，再不在问世间有恋情，人们有欢娱，我早打发我心，我的灵魂去追随你的左右，像一朵水莲花拥扶著你往白云深处去缭绕，决不回头偷看尘间的作为，留下了我的躯壳同生命来奋斗，等到战胜的那一天，我盼你带著悠悠的乐声从一团彩云里脚踏莲花瓣来接我同去永久的相守，过吾们理想中的岁月。

一转眼，你已经离开了我一个多月了，在这短时间我也不知道是怎样的过来的，朋友们跑来安慰我，我也不知道是说甚么好，虽然决心不生病，谁知一直到现在它也没有离开过我一天，摩摩，我虽然下了天大的决心，想与你争一口气，可是叫我怎受得了每天每时悲念你时的一阵阵的心肺的绞痛，到现在有时想哭眼泪乾得流不出一点；要叫，喉中痛得发不出声，虽然他们成天的逼我一碗碗的苦水，也难以补得了我心头的悲痛，怕的是我恹恹的病体再受不了那岁月的摧残，我的爱，你叫我怎么忍受没有你在我身边的孤单。你那幽默的灵魂为甚么这些日也不给我一些声响？我晚间有时也叫他们走开，房间不让有一点声音，盼你在人静时给我一些声响，叫我知道你的灵魂是常常环绕著我，也好叫我在茫茫前途感觉到一点生趣，不然怕死也难以支持下去了。摩！大大！求你显一显灵吧，你难道忍心真的从此不再同我说一句话了么？不要这样的苛酷了吧！你看，我这孤单的人影从此怎样的去撞这艰难的世界？难道你看了不心痛么？你一向爱我的心还存在么？你为什么不响？大！你真的不响了么？

悼志摩

林徽因

11月19日我们的好朋友，许多人都爱戴的新诗人，徐志摩突兀的，不可信的，惨酷的，在飞机上遇险而死去。这消息在20日的早上像一根针刺猛触到许多朋友的心上，顿使那一早的天墨一般地昏墨，哀恸的咽哽锁住每一个人的嗓子。

志摩……死……谁曾将这两个句子联在一起想过！他是那样活

泼的一个人，那样刚刚站在壮年的顶峰上的一个人。朋友们常常惊讶他的活动，他那像小孩般的精神和认真，谁又会想到他死？

突然的，他闯出我们这共同的世界，沉入永远的静寂，不给我们一点预告，一点准备，或是一个最后希望的余地。这种几乎近于忍心的决绝，那一天不知震麻了多少朋友的心？现在那不能否认的事实，仍然无情地挡住我们前面。任凭我们多苦楚的哀悼他的惨死，多迫切的希冀能够仍然接触到他原来的音容，事实是不会为体贴我们这悲念而有些须更改；而他也再不会为不忍我们这伤悼而有些须活动的可能！这难堪的永远静寂和消沉便是死的最残酷处。

我们不迷信的，没有宗教地望着这死的帏幕，更是丝毫没有把握。张开口我们不会呼吁，闭上眼不会入梦，徘徊在理智和情感的边沿，我们不能预期后会，对这死，我们只是永远发怔，吞咽枯涩的泪，待时间来剥削这哀恸的尖锐，痂结我们每次悲悼的创伤。那一天下午初得到消息的许多朋友不是全跑到胡适之先生家里么？但是除却拭泪相对，默然围坐外，谁也没有主意，谁也不知有什么话说，对这死！

谁也没有主意，谁也没有话说！事实不容我们安插任何的希望，情感不容我们不伤悼这突兀的不幸，理智又不容我们有超自然的幻想！默然相对，默然围坐……而志摩则仍是死去没有回头，没有音讯，永远地不会回头，永远地不会再有音讯。

我们中间没有绝对信命运之说的，但是对着这不测的人生，谁不感到惊异，对着那许多事实的痕迹又如何不感到人力的脆弱，智慧的有限。世事尽有定数？世事尽是偶然？对这永远的疑问我们什么时候能有完全的把握？

在我们前边展开的只是一堆坚质的事实：

“是的，他十九晨有电报来给我……”

“十九早晨，是的！说下午三点准到南苑，派车接……”

“电报是九时从南京飞机场发出的……”

“刚是他开始飞行以后所发……”

“派车接去了，等到四点半……说飞机没有到……”

“没有到……航空公司说济南有雾……很大……”只是一个钟头的差别；下午三时到南苑，济南有雾！谁相信就是这一个钟头中便可以有这么不同事实的发生，志摩，我的朋友！

他离平的前一晚我仍见到，那时候他还不知道他次晨南旅的，飞机改期过三次，他曾说如果再改下去，他便不走了的。我和他同由一个茶会出来，在总布胡同口分手。在这茶会里我们请的是为太平洋会议来的一个柏雷博士，因为他是志摩生平最爱慕的女作家曼殊斐儿的姊丈，志摩十分的殷勤；希望可以再从柏雷口中得些关于曼殊斐儿早年的影子，只因限于时间，我们茶后匆匆地便散了。晚上我有约会出去了，回来时很晚，听差说他又来过，适遇我们夫妇刚走，他自己坐了一会，喝了一壶茶，在桌上写了些字便走了。我到桌上一看：——

“定期早六时飞行，此去存亡不卜……。”我怔住了，心中一阵不痛快，却忙给他一个电话。

“你放心，”他说，“很稳当的，我还要留着生命看更伟大的事迹呢，哪能便死？……”

话虽是这样说，他却是已经死了整两周了！

凡是志摩的朋友，我相信全懂得，死去他这样一个朋友是怎么一回事！

现在这事实一天比一天更结实，更固定，更不容否认。志摩是死了，这个简单惨酷的实际早又添上时间的色彩，一周，两周，一直的增长下去……

我不该在这里语无伦次的尽管呻吟我们做朋友的悲哀情绪。归根说，读者抱着我们文字看，也就是像志摩的请柏雷一样，要从我们口里再听到关于志摩的一些事。这个我明白，只怕我不能使你们满意，因为关于他的事，动听的，使青年人知道这里有个不可多得的人格存在的，实在太多，决不是几千字可以表达得完。谁也得承认像他这样的一个人世间便不轻易有几个的，无论在中国或是外国。

我认得他，今年整十年，那时候他在伦敦经济学院，尚未去康桥。我初次遇到他，也就是他初次认识到影响他迁学的逖更生先生。不用说他和我父亲最谈得来，虽然他们年岁上差别不算少，一见面之后便互相引为知己。他到康桥之后由逖更生介绍进了皇家学院，当时和他同学的有我姊丈温君源宁。一直到最近两月中源宁还常在说他当时的许多笑话，虽然说是笑话，那也是他对志摩最早的一个惊异的印象。志摩认真的诗情，绝不含有丝毫矫伪，他那种痴，那种孩子似的天真实能令人惊讶。源宁说，有一天他在校舍里读书，外边下了倾盆大雨——惟是英伦那样的岛国才有的狂雨——忽然地听到有人猛敲他的房门，外边跳进一个被雨水淋得全湿的客人。不用说他便是志摩，一进门一把扯着源宁向外跑，说快来我们到桥上去等着。这一来把源宁怔住了，他问志摩等什么在这大雨里。志摩睁大了眼睛，孩子似的高兴地说：“看雨后的虹去。”源宁不止说他不去，并且劝志摩趁早将湿透的衣服换下，再穿上雨衣出去，英国的湿气岂是儿戏，志摩不等他说完，一溜烟地自己跑了！

以后我好奇地曾问过志摩这故事的真确，他笑着点头承认这全段故事的真实。我问：那么下文呢，你立在桥上等了多久，并且看到虹了没有？他说记不清但是他居然看到了虹。我诧异地打断他对那虹的描写，问他：怎么他便知道，准会有虹的。他得意地笑答我说："完全诗意的信仰！"

"完全诗意的信仰"，我可要在这里哭了！也就是为这"诗意的信仰"他硬要借航空的方便达到他"想飞"的宿愿！"飞机是很稳当的，"他说："如果要出事那是我的运命！"他真对运命这样完全诗意的信仰！

志摩我的朋友，死本来也不过是一个新的旅程，我们没有到过的，不免过分地怀疑，死不定就比这生苦，"我们不能轻易断定那一边没有阳光与人情的温慰"，但是我前边说过最难堪的是这永远的静寂。我们生在这没有宗教的时代，对这死实在太没有把握了。这以后许多思念你的日子，怕要全是昏暗的苦楚，不会有一点点光明，除非我也有你那美丽的诗意的信仰！

我个人的悲绪不禁又来扰乱我对他生前许多清晰的回忆，朋友们原谅。

诗人的志摩用不着我来多说，他那许多诗文便是估价他的天平。我们新诗的历史才是这样的短，恐怕他的判断人尚在我们儿孙辈的中间。我要谈的是诗人之外的志摩。人家说志摩的为人只是不经意的浪漫，志摩的诗全是抒情诗，这断语从不认识他的人听来可以说很公平，从他朋友们看来实在是对不起他。志摩是个很古怪的人，浪漫固然，但他人格里最精华的却是他对人的同情和蔼，和优容；没有一个人他对他不和蔼，没有一种人，他不能优容，没有一种的情感，他绝对地不能表同情。我不说了解，因为不是许多人爱说志摩最不解人情么？我说他的特点也就在这上头。

我们寻常人就爱说了解；能了解的我们便同情，不了解的我们便很落漠乃至于酷刻。表同情于我们能了解的，我们以为很适当；不表同情于我们不能了解的，我们也认为很公平。志摩则不然，了解与不了解，他并没有过分地夸张，他只知道温存，和平，体贴，只要他知道有情感的存在，无论出自何人，在何等情况之下，他理智上认为适当与否，他全能表几分同情，他真能体会原谅他人与他自己不相同处。从不会刻薄地单支出严格的迫仄的道德的天平指谪凡是与他不同的人。他这样的温和，这样的优容，真能使许多人惭愧，我可以忠实地说，至少他要比我们多数的人伟大许多；他觉得人类各种的情感动作全有它不同的，价值放大了的人类的眼光，同情是不该只限于我们划定的范围内。他是对的，朋友们，归根说，我们能够懂得几个人，了解几桩事，几种情感？哪一桩事，哪一个人没有多面的看法！为此说来志摩朋友之多，不是个可怪的事；凡是认得他的人不论深浅对他全有特殊的感情，也是极自然的结果。而反过来看他自己在他一生的过程中却是很少得着同情的。不止如是，他还曾为他的一点理想的愚诚几次几乎不见容于社会。但是他却未曾为这个而鄙吝他给他人的同情心，他的性情，不曾为受了刺激而转变刻薄暴戾过，谁能不承认他几有超人的宽量。

志摩的最动人的特点，是他那不可信的纯净的天真，对他的理想的愚诚，对艺术欣赏的认真，体会情感的切实，全是难能可贵到极点。他站在雨中等虹，他甘冒社会的大不韪争他的恋爱自由；他坐曲折的火车到乡间去拜哈代，他抛弃博士一类的引诱卷了书包到英国，只为要拜罗素做老师，他为了一种特异的境遇，一时特异的感动，从此在生命途中冒险，从此抛弃所有的旧业，只是尝试写几行新诗——这几年新诗尝试的运命并不太令人踊跃，冷嘲热骂只是家常便饭——他常能走几里路去采几茎花，费许多周折去看一个朋友说两句话；这些，还有许多，都不是我们寻常能够轻易了解的神秘。我说神秘，其实竟许是傻，是痴！事实上他只是比我们认真，虔诚到傻气，到痴！他愉快起来他的快乐的翅膀可以碰得到天，他忧伤起来，他的悲戚是深得没有底。寻常评价的衡量在他手里失了效用，利害轻重他自有他的看法，纯是艺术的情感的脱离寻常的原则，所以往常人常听到朋友们说到他总爱带着嗟叹的口吻说："那是志摩，你又有什么法子！"他真的是个怪人么？朋友们，不，一点都不是，他只是比我们近情，近理，比我们热诚，比我们天真，比我们对万物都更有信仰，对神，对人，对灵，对自然，对艺术！

朋友们我们失掉的不止是一个朋友，一个诗人，我们丢掉的是个极难得可爱的人格。

至于他的作品全是抒情的么？他的兴趣只限于情感么？更是不对。志摩的兴趣是极广泛的。就有几件，说起来，不认得他的人便要奇怪。他早年很爱数学，他始终极喜欢天文，他对天上星宿的名字和部位就认得很多，最喜暑夜观星，好几次他坐火车都是带着关于宇宙的科学的书。他曾经疯过爱因斯坦的相对论，并且在1922年便写过一篇关于相对论的东西登在《民铎》杂志上。他常向思成说笑："任公先生的相对论的知识还是从我徐君志摩大作上得来的呢，因为他说他看过许多关于爱因斯坦的哲学都未曾看懂，看到志摩的那篇才懂了。"今夏我住香山养病，他常来闲谈，有一天谈到他幼年上学的经过和美国克来克大学两年学经济学的情况，我们不竟对笑了半天，后来他在他的《猛虎集》的"序"里也说了那么一段。可是奇怪的！他不像许多天才，幼年里上学，不是不及格，便是被斥退，他是常得优等的，听说有一次康乃尔暑校里一个极严的经济教授还写了信去克来克大学教授那里恭维他的学生，关于一门很难的功课。我不是为志摩在这里夸张，因为事实上只有为了这桩事，今夏志摩自己便笑得不亦乐乎！

此外他的兴趣对于戏剧绘画都极深浓，戏剧不用说，与诗文是那么接近，他领略绘画的天才也颇可观，后期印象派的几个画家，他都有极精密的爱恶，对于文艺复兴时代那几位，他也很熟悉，他最爱鲍提且利和达文骞。自然地他也常承认文人喜画常是间接地受了别人论文的影响，他的，就受了法兰（Roger Fry）和斐德（Walter Pater）的不少。对于建筑审美他常常对思成和我道歉说："太对不起，我的建筑常识全是Ruskins那一套。"他知道我们是讨厌Ruskins的。但是为看一个古建的残址，一块石刻，他比任何人都热心，都更能静心领略。

他喜欢色彩，虽然他自己不会作画，暑假里他曾从杭州给我几封信，他自己叫它们做"描写的水彩画"，他用英文极细致地写出西（边）桑田的颜色，每一分嫩绿，每一色鹅黄，他都仔细地观察到。又有一次他望着我园里一带断墙半晌不语，过后他告诉我说，他只在默默体会，想要描写那墙上向晚的艳阳和刚刚入秋的藤萝。

对于音乐，中西的他都爱好，不止爱好，他那种热心便唤醒过北平一次——也许惟一的一次——对音乐的注意。谁也忘不了那一年，客拉司拉到北平在"真光"拉一个多钟头的提琴。对旧剧他也得算"在行"，他最后在北平那几天我们曾接连地同去听好几出戏，回家时我们讨论的热闹，比任何剧评都诚恳都起劲。

谁相信这样的一个人，这样忠实于"生"的一个人，会这样早地永远地离开我们另投一个世界，永远地静寂下去，不再透些须声息!

我不敢再往下写，志摩若是有灵听到比他年轻许多的一个小朋友拿着老声老气的语调谈到他的为人不觉得不快么？这里我又来个极难堪的回忆，那一年他在这同一个的报纸上写了那篇伤我父亲惨故的文章，这梦幻似的人生转了几个弯，曾几何时，却轮到我在这风紧夜深里握吊他的惨变，这是什么人生？什么风涛？什么道路？志摩，你这最后的解脱未始不是幸福，不是聪明，我该当羡慕你才是。

怀念萧珊

巴金

一

今天是萧珊逝世的六周年纪念日。六年前的光景还非常鲜明地出现在我的眼前。那一天我从火葬场回到家中，一切都是乱糟糟的，过了两三天我渐渐地安静下来了，一个人坐在书桌前，想写一篇纪念她的文章。在五十年前我就有了这样一种习惯：有感情无处倾吐时我经常求助于纸笔。可是一九七二年八月里那几天，我每天坐三四个小时望着面前摊开的稿纸，却写不出一句话。我痛苦地想，难道给关了几年的“牛棚”，真的就变成“牛”了？头上仿佛压了一块大石头，思想好像冻结了一样。我索性放下笔，什么也不写了。

六年过去了。林彪、“四人帮”及其爪牙们的确把我搞得很“狼狈”，但我还是活下来了，而且偏偏活得比较健康，脑子也并不糊涂，有时还可以写一两篇文章。最近我经常去火葬场，参加老朋友们的骨灰安放仪式。在大厅里，我想起许多事情。同样地奏着哀乐，我的思想却从挤满了人的大厅转到只有二三十个人的中厅里去了，我们正在用哭声向萧珊的遗体告别。我记起了《家》里面觉新说过的一句话：“好像珏死了，也是一个不祥的鬼。”四十七年前我写这句话的时候，怎么想得到我是在写自己！我没有流眼泪，可是我觉得有无数锋利的指甲在搔我的心。我站在死者遗体旁边，望着那张惨白色的脸，那两片咽下千言万语的嘴唇，我咬紧牙齿，在心里唤着死者的名字。我想，我比她大十三岁，为什么不让我先死？我想，这是多不公平！她究竟犯了什么罪？她也给关进“牛棚”，挂上“牛鬼蛇神”的小纸牌，还扫过马路。究竟为什么？理由很简单，她是我的妻子。她患了病，得不到治疗，也因为她是我的妻子。想尽办法一直到逝世前三个星期，靠开后门她才住进医院。但是癌细胞已经扩散，肠癌变成了肝癌。

她不想死，她要活，她愿意改造思想，她愿意看到社会主义建成。这个愿望总不能说是痴心妄想吧。她本来可以活下去，倘使她不是“黑老K”的“臭婆娘”。一句话，是我连累了她，是我害了她。

在我靠边的几年中间，我所受到的精神折磨她也同样受到。但是我并未挨过打，她却挨了“北京来的红卫兵”的铜头皮带，留在她左眼上的黑圈好几天后才褪尽。她挨打只是为了保护我，她看见那些年轻人深夜闯进来，害怕他们把我揪走，便溜出大门，到对面派出所去，请民警同志出来干预。

那里只有一个人值班，不敢管。当着民警的面，她被他们用铜头皮带狠狠抽了一下，给押了回来，同我一起关在马桶间里。

她不仅分担了我的痛苦，还给了我不少的安慰和鼓励。在“四害”横行的时候，我在原单位（中国作家协会上海分会）给人当作“罪人”和“贼民”看待，日子十分难过，有时到晚上九十点钟才能回家。我进了门看到她的面容，满脑子的乌云都消散了。我有什么委屈、牢骚，都可以向她尽情倾吐。有一个时期我和她每晚临睡前要服两粒眠尔通才能够闭眼，可是天刚刚发白就都醒了。我唤她，她也唤我。我诉苦般地说：“日子难过啊！”她也用同样的声音回答：“日子难过啊！”但是她马上加一句：“要坚持下去。”或者再加一句：“坚持就是胜利。”我说“日子难过”，因为在那一段时间里，我每天在“牛棚”里面劳动、学习、写交代、写检查、写思想汇报。任何人都可以责骂我、教训我、指挥我。从外地到“作协分会”来串联的人可以随意点名叫我出去“示众”，还要自报罪行。上下班不限时间，由管理“牛棚”的“监督组”随意决定。任何人都可以闯进我家里来，高兴拿什么就拿走什么。这个时候大规模的群众性批斗和电视批斗大会还没有开始，但已经越来越逼近了。

她说“日子难过”，因为她给两次揪到机关，靠边劳动，后来也常常参加陪斗。在淮海中路“大批判专栏”上张贴着批判我的罪行的大字报，我一家人的名字都给写出来“示众”，不用说“臭婆娘”的大名占着显著的地位。这些文字像虫子一样咬痛她的心。她让上海戏剧学院“狂妄派”学生突然袭击、揪到“作协分会”去的时候，在我家大门上还贴了一张揭露她的所谓罪行的大字报。幸好当天夜里我儿子把它撕毁。否则这一张大字报就会要了她的命！

人们的白眼，人们的冷嘲热骂蚕蚀着她的身心。我看出来她的健康逐渐遭到损害。表面上的平静是虚假的。内心的痛苦像一锅煮沸的水，她怎么能遮盖住！怎样能使它平静！她不断地给我安慰，对我表示信任，替我感到不平。然而她看到我的问题一天天地变得严重，上面对我的压力一天天地增加，她又非常担心。有时同我一起上班或者下班，走进巨鹿路口，快到“作协分会”，或者走进南湖路口，快到我们家，她总是抬不起头。我理解她，同情她，也非常担心她经受不起沉重的打击。我记得有一天到了平常下班的时间，我们没有受到留难，回到家里她比较高兴，到厨房去烧菜。我翻看当天的报纸，在第三版上看到当时做了“作协分会”的“头头”的两个工人作家写的文章《彻底揭露巴金的反革命真面》。真是当头一棒！我看了两三行，连忙把报纸藏起来，我害怕让她看见。她端着烧好的菜出来，脸上还带笑容，吃饭时她有说有笑。饭后她要看报，我企图把她的注意力引到别处。但是没有用，她找到了报纸。她的笑容一下子完全消失。

这一夜她再没有讲话，早早地进了房间。我后来发现她躺在床上小声哭着。一个安静的夜晚给破坏了。今天回想当时的情景，她那张满是泪痕的脸还在我的眼前。我多么愿意让她的泪痕消失，笑容在她憔悴的脸上重现，即使减少我几年的生命来换取我们家庭生活中一个宁静的夜晚，我也心甘情愿！

二

我听周信芳同志的媳妇说，周的夫人在逝世前经常被打手们拉出去当作皮球推来推去，打得遍体鳞伤。有人劝她躲开，她说：“我躲开，他们就要这样对付周先生了。”萧珊并未受到这种新式体罚。可是她在精神上给别人当皮球打来打去。她也有这样的想法：她多受一点精神折磨，可以减轻对我的压力。其实这是她一片痴心，结果只苦了她自己。我看见她一天天地憔悴下去，我看见她的生命之火逐渐熄灭，我多么痛心。我劝她，我安慰她，我想拉住她，一点也没有用。

她常常问我："你的问题什么时候才解决呢？"我苦笑说："总有一天会解决的。"她叹口气说："我恐怕等不到那个时候了。"后来她病倒了，有人劝她打电话找我回家，她不知从哪里得来的消息，她说："他在写检查，不要打岔他。他的问题大概可以解决了。"等到我从五七干校回家休假，她已经不能起床。她还问我检查写得怎样，问题是否可以解决。我当时的确在写检查，而且已经写了好几次了。他们要我写，只是为了消耗我的生命。但她怎么能理解呢？

这时离她逝世不过两个多月，癌细胞已经扩散，可是我们不知道，想找医生给她认真检查一次，也毫无办法。平日去医院挂号看门诊，等了许久才见到医生或者实习医生，随便给开个药方就算解决问题。只有在发烧到摄氏三十九度才有资格挂急诊号，或者还可以在病人拥挤的观察室里待上一天半天。当时去医院看病找交通工具也很困难，常常是我女婿借了自行车来，让她坐在车上，他慢慢地推着走。有一次她雇到小三轮车去看病，看好门诊回家雇不到车了，只好同陪她看病的朋友一起慢慢地走回来，走走停停，走到街口，她快要倒下了，只得请求行人到我们家通知，她一个表侄正好来探病，就由他去把她背了回家。她希望拍一张X光片子查一查肠子有什么病，但是办不到。后来靠了她一位亲戚帮忙开后门两次拍片，才查出她患肠癌。以后又靠朋友设法开后门住进了医院。她自己还很高兴，以为得救了。只有她一个人不知道真实的病情，她在医院里只活了三个星期。

我休假回家假期满了，我又请过两次假，留在家里照料病人。最多也不到一个月。我看见她病情日趋严重，实在不愿意把她丢开不管，我要求延长假期的时候，我们那个单位的一个“工宣队”头头逼着我第二天就回干校去。我回到家里，她问起来，我无法隐瞒。她叹了口气，说：“你放心去吧。”她把脸掉过去，不让我看见她。我女儿、女婿看到这种情景，自告奋勇地跑到巨鹿路向那位“工宣队”头头解释，希望同意我在市区多留些日子照料病人。可是那个头头“执法如山”，还说：他不是医生，留在家里，有什么用！“留在家里对他改造不利！”他们气愤地回到家中，只说机关不同意，后来才对我传达了这句“名言”。我还能讲什么呢？明天回干校去！

整个晚上她睡不好，我更睡不好。出乎意外，第二天一早我那个插队落户的儿子在我们房间里出现了，他是昨天半夜里到的。他得了家信，请假回家看母亲，却没有想到母亲病成这样。我见了他一面，把他母亲交给他，就回干校去了。

在车上我的情绪很不好。我实在想不通为什么会有这样的事情。我在干校待了五天，无法同家里通消息。我已经猜到她的病不轻了。可是人们不让我过问她的事情。这五天是多么难熬的日子！到第五天晚上在干校的造反派头头通知我们全体第二天一早回市区开会。这样我才又回到了家，见到了我的爱人。靠了朋友帮忙，她可以住进中山医院肝癌病房，一切都准备好，她第二天就要住院了。她多么希望住院前见我一面，我终于回来了。连我也没有想到她的病情发展得这么快。我们见了面，我一句话也讲不出来。她说了一句："我到底住院了。"我答说："你安心治疗吧。"她父亲也来看她，老人家双目失明，去医院探病有困难，可能是来同他的女儿告别了。

我吃过中饭，就去参加给别人戴上反革命帽子的大会，受批判、戴帽子的不止一个，其中有一个我的熟人王若望同志，他过去也是作家，不过比我年轻。我们一起在"牛棚"里关过一个时期，他的罪名是"摘帽右派"。他不服，不听话，他贴出大字报，声明"自己解放自己"，因此罪名越搞越大，给提去关了一个时期还不算，还戴上了反革命的帽子监督劳动。

在会场里我一直像在做怪梦。开完会回家，见到萧珊我感到格外亲切，仿佛重回人间，可是她不舒服，不想讲话，偶尔讲一句半句。我还记得她讲了两次：“我看不到了。”我连声问她看不到什么？她后来才说：“看不到你解放了。”我还能再讲什么呢？

我儿子在旁边，垂头丧气，精神不好，晚饭只吃了半碗，像是患感冒。她忽然指着他小声说：“他怎么办呢？”他当时在安徽山区已经待了三年半，政治上没有人管，生活上不能养活自己，而且因为是我的儿子，给剥夺了好些公民权利。他先学会沉默，后来又学会抽烟。我怀着内疚的心情看看他，我后悔当初不该写小说，更不该生儿育女。我还记得前两年在痛苦难熬的时候她对我说：“孩子们说爸爸做了坏事，害了我们大家。”这好像用刀子在割我身上的肉。我没有出声，我把泪水全吞在肚里。她睡了一觉醒过来忽然问我：“你明天不去了？”我说：“不去了。”就是那个“工宣队”头头今天通知我不用再去干校就留在市区。他还问我：“你知道萧珊是什么病？”我答说：“知道。”其实家里瞒住我，不给我知道真相，我还是从他这句问话里猜到的。

三

第二天早晨她动身去医院，一个朋友和我女儿、女婿陪她去。她穿好衣服等候车来。她显得急躁，又有些留恋，东张张西望望，她也许在想是不是能再看到这里的一切。我送走她，心上反而加了一块大石头。

将近二十天里，我每天去医院陪伴她大半天。我照料她，我坐在病床前守着她，同她短短地谈几句话。她的病情恶化，一天天衰弱下去，肚子却一天天大起来，行动越来越不方便。

当时病房里没有人照料，生活方面除饭食外一切都必须自理。

后来听同病房的人称赞她“坚强”，说她每天早晚都默默地挣扎着下了床，走到厕所。医生对我们谈起，病人的身体经不住手术，最怕的是她肠子堵塞，要是不堵塞，还可以拖延一个时期。她住院后的半个月是一九六六年八月以来我既感痛苦又感到幸福的一段时间，是我和她在一起渡过的最后的平静的时刻，我今天还不能将它忘记。但是半个月以后，她的病情有了发展，一天吃中饭的时候，医生通知我儿子找我去谈话。他告诉我：病人的肠子给堵住了，必须开刀。开刀不一定有把握，也许中途出毛病。但是不开刀，后果更不堪设想。他要我决定，并且要我劝她同意。我做了决定，就去病房对她解释。我讲完话，她只说了一句：“看来，我们要分别了。”她望着我，眼睛里全是泪水。我说：“不会的……”我的声音哑了。接着护士长来安慰她，对她说：“我陪你，不要紧的。”她回答：“你陪我就好。”时间很紧迫，医生、护士们很快作好准备，她给送进手术室去了，是她表侄把她推到手术室门口的，我们就在外面走廊上等了好几个小时，等到她平安地给送出来，由儿子把她推回到病房去。儿子还在她身边守过一个夜晚。过两天他也病倒了，查出来他患肝炎，是从安徽农村带回来的。本来我们想瞒住他的母亲，可是无意间让他母亲知道了。她不断地问："儿子怎么样？"我自己也不知道儿子怎么样，我怎么能使她放心呢？晚上回到家，走进空空的、静静的房间，我几乎要叫出声来："一切都朝我的头打下来吧，让所有的灾祸都来吧。我受得住！"我应当感谢那位热心而又善良的护士长，她同情我的处境，要我把儿子的事情完全交给她办。她作好安排，陪他看病、检查，让他很快住进别处的隔离病房，得到及时的治疗和护理。他在隔离房里苦苦地等候母亲病情的好转。母亲躺在病床上，只能有气无力地说几句短短的话，她经常问："棠棠怎么样？"从她那双含泪的眼睛里我明白她多么想看见她最爱的儿子。但是她已经没有精力多想了。

她每天给输血，打盐水针。她看见我去就断断续续地问我："输多少西西的血？该怎么办？"我安慰她："你只管放心。没有问题，治病要紧。"她不止一次地说："你辛苦了。"我有什么苦呢？我能够为我最亲爱的人做事情，哪怕做一件小事，我也高兴！后来她的身体更不行了。医生给她输氧气，鼻子里整天插着管子。她几次要求拿开，这说明她感到难受，但是听了我们的劝告，她终于忍受下去了。开刀以后她只活了五天。谁也想不到她会去得这么快！五天中间我整天守在病床前，默默地望着她在受苦（我是设身处地感觉到这样的），可是她除了两三次要求搬开床前巨大的氧气筒，三四次表示担心输血较多付不出医药费之外，并没有抱怨过什么。见到熟人她常有这样一种表情：请原谅我麻烦了你们。她非常安静，但并未昏睡，始终睁大两只眼睛。眼睛很大，很美，很亮。我望着。望着，好像在望快要燃尽的烛火。我多么想让这对眼睛永远亮下去！我多么害怕她离开我！我甚至愿意为我那十四卷“邪书”受到千刀万剐，只求她能安静地活下去。

不久前我重读梅林写的《马克思传》，书中引用了马克思给女儿的信里一段话，讲到马克思夫人的死。信上说：“她很快就咽了气。……这个病具有一种逐渐虚脱的性质，就像由于衰老所致一样。甚至在最后几小时也没有临终的挣扎，而是慢慢地沉入睡乡。她的眼睛比任何时候都更大、更美、更亮！”这段话我记得很清楚。马克思夫人也死于癌症。我默默地望着萧珊那对很大、很美、很亮的眼睛，我想起这段话，稍微得到一点安慰。听说她的确也“没有临终的挣扎”，也是“慢慢地沉入睡乡”。我这样说，因为她离开这个世界的时候，我不在她的身边。那天是星期天，卫生防疫站因为我们家发现了肝炎病人，派人上午来做消毒工作。她的表妹有空愿意到医院去照料她，讲好我们吃过中饭就去接替。没有想到我们刚刚端起饭碗，就得到传呼电话，通知我女儿去医院，说是她妈妈“不行”了。真是晴天霹雳！我和我女儿、女婿赶到医院。她那张病床上连床垫也给拿走了。别人告诉我她在太平间。我们又下了楼赶到那里，在门口遇见表妹。还是她找人帮忙把“咽了气”的病人抬进来的。死者还不曾给放进铁匣子里送进冷库，她躺在担架上，但已经白布床单包得紧紧的，看不到面容了。我只看到她的名字。我弯下身子，把地上那个还有点人形的白布包拍了好几下，一面哭唤着她的名字。不过几分钟的时间，这算是什么告别呢？

据表妹说，她逝世的时刻，表妹也不知道。她曾经对表妹说：“找医生来。”医生来过，并没有什么。后来她就渐渐地“沉入睡乡”。表妹还以为她在睡眠。一个护士来打针，才发觉她的心脏已经停止跳动了。我没有能同她诀别，我有许多话没有能向她倾吐，她不能没有留下一句遗言就离开我！我后来常常想，她对表妹说：“找医生来”很可能不是“找医生”，是“找李先生”（她平日这样称呼我）。为什么那天上午偏偏我不在病房呢？家里人都不在她身边，她死得这样凄凉！

我女婿马上打电话给我们仅有的几个亲戚。她的弟媳赶到医院，马上晕了过去。三天以后在龙华火葬场举行告别仪式。她的朋友一个也没有来，因为一则我们没有通知，二则我是一个审查了将近七年的对象。没有悼词没有吊客，只有一片伤心的哭声。我衷心感谢前来参加仪式的少数亲友和特地来帮忙的我女儿的两三个同学，最后，我跟她的遗体告别，女儿望着遗容哀哭，儿子在隔离房还不知道把他当作命根子的妈妈已经死亡。值得提说的是她当作自己儿子照顾了好些年的一位亡友的男孩从北京赶来，只为了见她最后一面。这个整天同钢铁打交道的技术员，他的心倒不像钢铁那样。他得到电报以后，他爱人对他说："你去吧，你不去一趟，你的心永远安定不了。"我在变了形的她的遗体旁边站了一会儿。别人给我和她照了像。我痛苦地想：这是最后一次了，即使给我们留下来很难看的形象，我也要珍视这个镜头。

一切都结束了。过了几天我和女儿、女婿到火葬场，领到了她的骨灰盒。在存放室寄存了三年之后，我按期把骨灰盒接回家里。有人劝我把她的骨灰安葬，我宁愿让骨灰盒放在我的寝室里，我感到她仍然和我在一起。

四

梦魇一般的日子终于过去了。六年仿佛一瞬间似的远远地落在后面了。其实哪里是一瞬间！这段时间里有多少流着血和泪的日子啊。不仅是六年，从我开始写这篇短文到现在又过去了半年，半年中我经常在火葬场的大厅里默哀，行礼，为了纪念给"四人帮"迫害致死的朋友。想到他们不能把个人的智慧和才华献给社会主义祖国，我万分惋惜。每次戴上黑纱插上纸花的同时，我也想起我自己最亲爱的朋友，一个普通的文艺爱好者，一个成绩不大的翻译工作者，一个心地善良的人。她是我生命的一部分，她的骨灰里有我的泪和血。

她是我的一个读者。一九三六年我在上海第一次同她见面。一九三八年和一九四一年我们两次在桂林像朋友似的住在一起。一九四四年我们在贵阳结婚。我认识她的时候，她还不到二十，对她的成长我应当负很大的责任。她读了我的小说，给我写信，后来见到了我，对我发生了感情。她在中学念书，看见我以前，因为参加学生运动被学校开除，回到家乡住了一个短时期，又出来进另一所学校。倘使不是为了我，她三七、三八年一定去了延安。她同我谈了八年的恋爱，后来到贵阳旅行结婚，只印发了一个通知，没有摆过一桌酒席。从贵阳我和她先后到了重庆，住在民国路文化生活出版社门市部楼梯下七八个平方米的小屋里。她托人买了四只玻璃杯开始组织我们的小家庭。她陪着我经历了各种艰苦生活。

在抗日战争紧张的时期，我们一起在日军进城以前十多个小时逃离广州，我们从广东到广西，从昆明到桂林，从金华到温州，我们分散了，又重见，相见后又别离。在我那两册《旅途通讯》中就有一部分这种生活的记录。四十年前有一位朋友批评我：“这算什么文章！”我的《文集》出版后，另一位朋友认为我不应当把它们也收进去。他们都有道理。两年来我对朋友、对读者讲过不止一次，我决定不让《文集》重版。但是为我自己，我要经常翻看那两小册《通讯》。在那些年代，每当我落在困苦的境地里、朋友们各奔前程的时候，她总是亲切地在我耳边说："不要难过，我不会离开你，我在你的身边。"的确，只有她最后一次进手术室之前她才说过这样一句："我们要分别了。"我同她一起生活了三十多年。但是我并没有好好地帮助过她。她比我有才华，却缺乏刻苦钻研的精神。我很喜欢她翻译的普希金和屠格涅夫的小说。虽然译文并不恰当，也不是普希金和屠格涅夫的风格，它们却是有创造性的文学作品，阅读它们对我是一种享受。她想改变自己的生活，不愿作家庭妇女，却又缺少吃苦耐劳的勇气。她听一个朋友的劝告，得到后来也是给"四人帮"迫害致死的叶以群同志的同意，到《上海文学》"义务劳动"，也做了一点点工作，然而在运动中却受到批判，说她专门向老作家组稿，又说她是我派去的"坐探"。她为了改造思想，想走捷径，要求参加"四清"运动，找人推荐到某铜厂的工作组工作，工作相当忙碌、紧张，她却精神愉快。但是到我快要靠边的时候，她也被叫回"作协分会"参加运动。她第一次参加这种急风暴雨般的斗争，而且是以反动权威家属的身份参加，她不知道该怎么办才好。她张皇失措，坐立不安，替我担心，又为儿女们的前途忧虑。我偶尔看见她拿着扫帚回来，不敢正眼看她，我感到负罪的心情，这是对她的一个致命的打击。不到两个月，她病倒了，以后就没有再出去扫街（我妹妹继续扫了一个时期），但是也没有完全恢复健康。尽管她还继续拖了四年，但一直到死她并不曾看到我恢复自由。

这就是她的最后，然而绝不是她的结局。她的结局将和我的结局连在一起。

我绝不悲观。我要争取多活。我要为我们社会主义祖国工作到生命的最后一息。在我丧失工作能力的时候，我希望病榻上有萧珊翻译的那几本小说。等到我永远闭上眼睛，就让我的骨灰同她的搀和在一起。

再忆萧珊

巴金

一

昨夜梦见萧珊，她拉住我的手，说：“你怎么成了这个样子？”我安慰她：“我不要紧。”她哭起来。我心里难过，就醒了。

病房里有淡淡的灯光。每夜临睡前，陪伴我的儿子或者女婿总是把一盏开着的台灯放在我的床脚。夜并不静，附近通宵施工，似乎在搅拌混凝土。此外我还听见知了的叫声。在数九的冬天哪里来的蝉叫？原来是我的耳鸣。

这一夜是我儿子值班，他静静地睡在靠墙放的帆布床上。过了好一阵子他翻了一个身。

我醒着，我在追寻萧珊的哭声。耳朵倒叫得更响了。……我终于轻轻地唤出了萧珊的名字：“蕴珍。”我闭上眼睛。房间马上变换了。

在我们家中，楼下寝室里，她睡在我旁边另一张床上，小声嘱咐我：“你有什么委屈，不要瞒住我，千万不能吞在肚里啊！……”

在中山医院的病房里，我站在床前，她含泪地望着我说：“我不愿离开你。没有我，谁来照顾你啊？！”……

在中山医院的太平间，担架上一个带人形的白布包，我弯下身子接连拍着，无声地哭唤：“蕴珍，我在这里，我在这里……”

我用铺盖蒙住脸。我真想大叫两声。我快要给憋死了。“我到哪里去找她？！”我连声追问自己。我又回到了华东医院的病房。耳边仍是早已习惯的耳鸣。

她离开我十二年了。十二年，多么长的日日夜夜！每次我回到家门口，眼前就出现一张笑脸，一个亲切的声音向我迎来，可是走进院子，却只见一些高高矮矮的、没有花的绿树。上了台阶，我环顾四周，她最后一次离家的情景还历历在目：她穿得整整齐齐，有些急躁，有点伤感，又似乎充满希望，走到门口还回头张望。……仿佛车子才开走不久，大门刚刚关上。不，她不是从这两扇绿色大铁门出去的，以前门铃也没有这样悦耳的声音。十二年前更不会有开门进来的挎书包的小姑娘。……为什么偏偏她的面影不能在这里再现？为什么不让她看见活泼可爱的小端端？

我仿佛还站在台阶上等待着车子的驶近，等待着一个人回来。这样长的等待！十二年了！甚至在梦里我也听不见她那清脆的笑声。我记得的只是孩子们捧着她的骨灰盒回家的情景。这骨灰盒起初给放在楼下我的寝室内，床前五斗橱上。后来“文革”收场，给封闭了十年的楼上她的睡房启封，我又同骨灰盒一起搬上二楼，她仍然伴着我度过无数的长夜。我摆脱不了那些做不完的梦。总是那一双泪汪汪的眼睛！总是那一副前额皱成“川”字的愁颜！总是那无限关心的叮咛劝告！好像我有满腹的委屈瞒住她，好像我摔倒在泥淖中不能自拔，好像我又给打翻在地让人踏上一脚。……每夜每夜，我都听见床前骨灰盒里她的小声呼唤，她的低声哭泣。

怎么我今天还做这样的梦？！怎么我现在还甩不掉那种种精

神的枷锁？！……悲伤没有用。我必须结束那一切梦景。我应当振作起来，哪怕是最后的一次。骨灰盒还放在我的家中，亲爱的面容还印在我的心上，她不会离开我，也从未离开我。做了十年的“牛鬼”，我并不感到孤单。我还有勇气迈步走向我的最终目标——死亡。我的遗物将献给国家。我的骨灰将同她的骨灰搅拌在一起，撒在园中给花树作肥料。

……闹钟响了。听见铃声，我疲倦地睁大眼睛。应当起床了。床头小柜上的闹钟是从我家里带来的。我按照冬季的作息时间——六点半起身。儿子帮我穿好衣物，扶我下床。他不知道前一夜我做了什么梦，醒了多少次。

我的细君

朱湘

我爱：

小东要雇奶妈，就早已嘱咐过了，不必再提。小沅定名叫海士，因为他是上海怀的，士就是读书人，士农工商的士。从前扎夫子说过一句话，叫作“仁者乐山，智者乐水”意思就是说，慈善的人爱山，固山是结实的。聪明人爱水，因为水是流动的：小沅是海水旁边的怀的，我替他起个号叫伯智，就是希望他作一个聪明的人。“伯”是行大，聪明的人同尖巧的人不一样。聪明的人向大地方看，尖巧的人只看小的，尖巧人只是想着害人。小东定名叫雪，因为你到北京，头一次看见雪，刚巧那时你便怀了小东，并且雪是很美的一件东西，他好像一朵花，乾的雪你仔细看一看就知道他是六角形，好像一朵花有六瓣花瓣，所以古人说“雪花六出”。她号燕支（燕字读作烟字一样，不是燕子的燕）因为古时候有一座山，叫燕支，在北方古代匈奴国的皇后她们不叫皇后，叫关氏，（就是燕支这二字）便是因为此故。小东是在北方怀的，所以号叫这个。我替你取的号叫霓君（这两个字我如今多么亲多么爱）是因为你的名字叫采云。你看每天太阳出来时候或是落山时候，天上的云多么好看，时而黄，时而红，时而紫，五采一般（彩字同）这些云也叫作霓，也叫作霞。（从前我替你取号叫季霞，是同一道理，但是不及霓君更雅。）古代女子常有叫什么君的，好像王昭君便极其有名。说到这里，我可以告诉你一个笑话：从前汉朝有一文人，叫东方朔（姓东方，名朔），这人极其好开玩笑，有一天皇帝祭地皇菩萨祭叫社。不用说，桌上自然是供一大块猪肉了，这块肉（大半是半个猪，或者整个）照规矩祭完神以后，由皇帝下令，叫大官分了带回家去，有一次这位东方先生性子急（不知是不是他的太太叫他十二点钟回去吃中饭，那天祭祀费时太多，已经一两点钟了，他怕回去太迟，太太要不依，说他只管自己，不顾别人等他，或者说他偷去会女相好，谈话谈忘记掉了，不记得回来吃饭了。）无论如何，总是他过于性急，不等汉武帝下令，他自己就在身边拔下了宝剑来（古人身边都带宝剑）在猪肉上头割了一块就走。但是被皇帝知道了，叫他说出道理，如若说不出，便推出午门斩首。（这自然是皇帝同他开玩笑，因为皇帝很喜欢他说笑话）这位东方先生毫不在乎的说：我割肉你应当夸奖我才对，为何反来责备我呢？你看我拔出剑来就割，这是多么勇敢！我割的刚好是自家份内应得的，不曾割别人的一点，这是多么清廉？拿肉回去给我的“细君”，这又是多么仁爱！细君就是“小皇帝”，“小先生”，就是说的他太太。皇帝一场大笑，放他走了，并且叫人跟着送了一支整猪到他家里去。东方先生的太太自然是说不出的快活。本想骂她的先生一场的，也不骂了。这是提起君字，想到的一段故事。以后作文章的人读书的人叫妻子作细君，便是这样起来的。这个故事，我的霓君，我的细君；我的小皇帝，你看这有点趣味吗？我如今在外国省俭自己，寄钱给你，别的同学是不单不寄钱回家，有时还要家里寄钱，你看我比起东方朔先生来，也差不多吧？我想我寄回家的钱，总不止买一头猪吧……

我的伤痕

章衣萍

我想起国木田独步的小说《女难》，每次揽镜自照，照见自己唇下的小小伤痕，总忘不了七岁时所遭惊心动魄的大祸，那是我第一次所遭的“女难”！

我是一个山之子。在我家的前后左右，围绕了不少重重叠叠的高山。嵯峨的七孤山，好像笔架似的，直立在我家的前面。(七孤山的命名，自然因为山上面有七个高峰的缘故。)七孤山究竟有多高，村里的人都不知道。因为，据村人说，自古至今，没有人爬到过的，因为山上住着七个仙女。半山中有一个洞，从前有人走到洞边，就被洞中的妖怪吃去了。那妖怪是七个美貌的女子，叫做七姑仙女。到七孤山去砍柴的人，大概都到山脚为止，很少人跑到山腰去。经过山腰，就是山洞，到那里去的人，大概没有性命回来的。所以七孤山，村里也有一个教书匠，说是该写做“七姑山”。

到了秋天，山头就有积雪了，黛色的山上，戴着白色的帽子，颇觉好看。七孤山离我们村里，只有七里远，望起来却像几步就到似的。但我直到如今。足迹没有到过它的山下。

离我家最近，有一座山，叫做干山。这干山，望去就像一个罗汉，前面突出一个圆阜，我们叫它是罗汉的肚子，在罗汉的肚子上，建筑了一个小庙，我们叫它做干山庙。

村里的小孩，无论男女，五六岁就会爬山了。我从小身体柔弱，又加以祖母、母亲的溺爱，所以直到七岁，还没有爬到干山庙上去过，在村里的小孩看来，这实在是意外的奇迹了。

我家前面，住着一个务农的，名叫正庭，他有女儿，长的叫做月英，小的叫做来娣。月英的脸带红色，来娣的脸色较白。月英比我大七八岁，来娣和我同年。我们也时常在一堆玩，在村的空地上，做捉迷藏，或旁的顽皮的游戏。

一个秋天的下午，（那年我才七岁）我在村中闲游，因为蒙馆的先生有事去了，所以把我们一班小孩都放学了。在路上遇着月英，手中携着篮子，说：

“辉哥儿，到干山去好不好？”

“到干山去干什么？”

“去砍玉蜀黍杆。”

干山的坞里，有平地，村里人在那里种了许多玉蜀黍。那里的玉蜀黍的甜是有名的，我吃过，比甘蔗还甜。所以听了月英的劝诱，我的弱小的心里有点飘飘然了。

“好的，我也去，可是要回家告诉一声祖母。”

“不，一去告诉，就去不成了，不如去了回来再说吧。”

“那也好。”

我跟了月英去了。到干山，须经过一条小河，水清澈底。月英的足虽然缠过，然而不很小，涉水如履平地。我是初次下河的，只觉得河水很凉，河里的石砂，刺得脚底生痛。我想要哭了。

在河中，月英看见我的苦恼，说：

“辉哥儿，怎样了？”

“我脚底痛。”

月英四面一望，见没有人，说：

“辉哥儿，我背你过去。”

我在月英的背上，平安地渡过小河了。过了小河，便是干山脚。我们从干山脚的左边，走到干山坞去。

那天天气是阴沉沉的，山风吹着草木，呜呜地响得怕人。山路也很崎岖。但有月英伴着，我并不觉得可怕或寂寞。

我们爬了很久的山路，果然到了目的地了。我只是喘气，一只手扶着月英的肩，一只手拉着月英的手。

月英的脸更红了。她说：

“辉哥儿，你坐一会罢。这里的玉蜀黍杆，还不十分甜，高头还有更甜的呢。我去采了就来。你坐这里等着。”

“好的。”

我在一块山石上坐下。远远望去，十里内的大小村坊，都可以看见枫红草黄，秋景颇佳。我坐了一会，月英携着玉蜀黍由山顶下来，已经夕阳满山了。

我嚼了几根玉蜀黍杆，的确很甜，方喜不虚此行。月英说：“天快晚了，赶快下山去罢。”

我想起家里的祖母一定在望我了，所以脚步走得很快。月英劝我缓缓地走，她在后面跟着。因为她会走山路，怕在前面走快了，我赶不上。我在前面愈走愈快了。山路很峻峭而滑，一走快了竟收不住脚了。

“缓缓地走罢！”月英在后面喊。

我的脚已经不是我自己的了，我们上山时，山路虽然峻峭，然而我扶着路旁的草木，缓缓地走，也还不十分累。下山时胆子较大，我竟不愿依草傍木了，我的脚步“如水之就下”，愈走愈快，后来竟似怒马一般地，向下直跑。

“缓缓地走罢！”月英在后面接连地喊。

我听见了也没有法子收住我的脚，我的脚似《水浒》上的李逵，被神行太保戴宗缠上飞行马甲似的，飞一般地跑下去。在山岭转弯的地方，一不留心，脚尖碰在树枝根上，身体向下倾跌在一丈外的石块上，头破血流，我已经不知人事了！

我从创痛中醒来的时节，月英在旁边扶住我的身子，我靠在她身上，斜坐着。月英正哭着，见我睁开眼来，说：

“辉哥儿，你要是没有命了，我也没有命了！”

“不要紧，我还好，回家去。”

因为说话也不大方便，我才知道自己已经跌落了两个门牙，而且创伤正在嘴唇的底下，我的口中不住的吐着鲜血，伤口上的血也直流下来。

月英把我扶起来，我要自己走，她说：

“辉哥儿，我背着你下去罢。”

我已经没有力气了，只好由她背在身上，我的手紧紧地攀着月英的肩，月英的两手向后攀着我的臀部。

山路本来不好走，何况月英的身上又压着我这一个人。我的身体虽受了重伤，但心里是明白的。我知道在路上月英的身子几次要倒了下来，都很艰难地挺住了。我的眼泪和鲜血湿透了月英一身。

月英将我背到山脚，天色已经晚了，村里的灯火也隐约可见。月英扶我在山坡上坐着，稍息了一会。

“辉哥儿，你回家，千万不要说，是我邀你上干山的。你只说自己上山，半路失足跌了，遇着我背你回来的。”月英忽然这样叮咛地说。

我虽然还是一个小孩，这时也开始明白女性的可爱和可怕了。

我说：“我一定不会说你邀我，你放心。”

月英又背我到了河边，遇见一个村里的农民，名叫裕贤的，他说：

“是谁跌坏了？”

“是辉哥儿。”

“那还了得！让我背他回去罢。”

我从裕贤的背上吹着晚风回家。

我从创痛的昏迷中醒转来的时节，已躺在祖母的床上，祖母和母亲都在床前流泪。我的伤口上已经上了草药，用布包好了。只是口中还不住的流血。

“是谁邀你上山的？”

“辉儿，你说来！”

“让我和他拼命去！”

祖母流着泪，这样嚷。

我含着泪，只是不开口。

“是不是月英邀你上山的？那小丫头！专门在山上迷人！”祖母又问。

我摇了一摇头。我已经不能说话了。

经过几天几晚的寒热，经过了几次昏绝乱嚷，在床上足足的躺了两个足月，我才能起来行走。

我的嘴唇下的小小伤痕，是永久不能消灭的了，虽然在光滑的脸上，增加了一些丑相，但我却特别珍重它，它是我第一次和女孩同游所受的刨伤，是我第一次所遭的“女难”！

但月英却从此不和我说话了。一见着我，就远远地红着脸避开。

我十年不回家了，据家里来的人说：“月英已嫁了一个木匠而且生了几个孩子了呢。”

我在漂泊的天涯里为月英喜悦，祈祷。她在我心里留下的痕迹，正同在我唇上留下的伤痕一般，是永远不能消灭的。

秋外套

黎烈文

回国后已经过了两个秋天了，那两个秋天都模模糊糊，如烟如梦，自己也不知道是怎么过去的；直到今年秋天，这才得着一点闲时闲情，偶然逛逛公园。

在上海所有的公园里，谁都知道兆丰公园是最好的。除掉缺欠艺术品（如美丽的铜或石的雕刻）的点缀外，其他花木池沼的布置，和我见过的欧洲有名的公园比较起来。都没有丝毫愧色。我有时带着一本书走进园子，在树下听听虫鸣，在池边看看鸭泳，是可以把每天见闻所及的许多可憎可恶之事，暂时忘掉的。

这天因为贪看暮霭，不觉回家得迟了。独自坐在荷池旁，悠悠然从深沉的默想中醒转来时，四围早已一个游人都没有，昏暗中只见微风吹动低垂的柳枝，像幽灵似的摇摆着，远远近近，一片虫声，听来非常惨戚。我虽喜欢清静，但这样冷寂得颇有鬼趣的境地，却也无意留连。忍着使人微栗的凉风，循着装有路灯的小径走出公园时，我顿时忆起那件搁在箱里的秋外套，和几年前在外国遇到的一个同样荒凉得使人害怕的夜晚。

那时我和冰之都住在巴黎。我们正像一切热恋着的青年男女一样，力求与人相远。某天，我们忽然想起要搬到巴黎附近的小城去住，于是在一个正和今天一般晴朗的秋天，我们毫无准备地由里昂车站乘着火车往墨兰。

这小城是曾经有两位中国朋友住过都觉得满意的，离巴黎既近，生活也很便宜。但不幸得很，我们那天在许多大街小巷里跑了半天，却什么也没找到，只在离塞莱河岸不远的一家小饭店里吃了一顿可口的午餐。现在回想起来，那样鲜嫩的烤鸡，我大概一生也不会再吃到的了。

饭后，玩了一些地方，我们的游兴好像还没有尽，冰之便提议索性到更远的地方去看看。我们坐着火车随便在一个小站下了车。这里简直完全是原野。车站前后左右都是收割了的麦田。只在离车站约莫半个基罗米突的一个小丘上有个小小的村庄。我们到那村庄上走了一圈，饱嗅了一阵牛马粪溺的臭昧。后来一个好奇的老太婆邀我们到她家里去歇脚，和我们问长问短，殷勤地拿出一盆自己园里出产的酸梨款客。当她知道我们在找房子时，便慨然愿意把她的住房的一半租给我们。她指给我们看的两间房子虽然也还干净，并且有着一些古色古香的家具，但我们一想到点的灯是油灯，吃的是井水，便把一切诗情画意都打消了。我们决定赶快回巴黎。

走回那位置在田野正中的小站时，天已快黑了，而开往巴黎的火车，却要晚上九点钟才会经过那儿。这天那小车站除掉我们两个黄脸男女外，再没有第二个候车的乘客。站上职员因为经济的缘故，不到火车快来时，是决不肯把月台上的电灯开亮的。读者诸君试去想罢，我们这时简直等于遗失在荒野里面了。四周一点人声都没有，只有一轮明月不时露出云端向我们狡猾地笑着。麦田里各种秋蛩的清唱，和远处此起彼应的犬吠，送入耳朵里格外使人不安。尤其是冰之，她简直像孩子似的害怕起来了。我记起有位法国诗人说过，人在夜晚和暴风雨的时候常常感到自然的威压。这话很有道理的。为什么夜晚会使人感到威压呢？想来大概因为黑暗的缘故。

人原是憎恶黑暗，追求光明的！

这天冰之穿着一套浅灰的秋服，因为离开巴黎时，天气很暖，不曾带得有大衣。现在空着肚子给田野间的寒风一吹，便冷得微微战栗起来。但幸好我的手臂上带着有那件晴雨不离身的薄呢秋外套。当时连忙给她披在身上。两人靠紧身子坐在没有遮盖的月台上的长椅里，怀着焦躁与不安的心思，等待火车到来。

当晚十一点钟转回巴黎时，冰之便喊着头痛，并且身上微微发着寒热了。陪她在饭店里吃了一盆滚烫的Soupe，然后把她送回寓所，叫她立刻蒙着被窝睡下。因为怕她盖的东西不够，我临到跑回自己的旅馆时，又把我的秋外套搭在她的脚上。虽然她说外面很凉，再三要我穿在自己身上，但我却强着她盖上了。

过了两天，从她那边把外套拿回时，并没觉得什么异样。因为那一晌天气很好，外套虽常常带在身边，但却不曾穿过，我料不到外套上有了什么新鲜物事。

两星期后的一个早上。我独自在卢森堡公园作那每天例行的散步时，忽然觉得身边有一种时无时有的幽雅的花香。向周围一看，虽然到处有着红红绿绿的洋菊，但那都是没有芳香的，更没有我所闻到的那种清妙的气味。这样兰花似的淡淡的香气，究竟是从什么地方飘来的呢？真是怪事。这香味是到处可以闻到的，站在上议院前面的Bassin旁可以闻到，坐在乔治桑（George Sand）的雕像旁也可以闻到，甚至走出了公园还可以闻到，跑进了大学图书馆也仍旧闻到。这简直把我弄得糊涂了，我疑心我的鼻子出了毛病，我以为自己疯了。我这一整天都没得到安宁。晚边下了课，跑到冰之那里去看她，把这事讲给她听了，她起初只微笑着，什么话也不说。到后来才狡猾地瞧着我身上的秋外套扑哧一声说到："你怎么到今天才闻到呢！"

天！我糊涂到这时才领会那香味是从自己的外套上发出来的！我记起了我的外套曾在她那里放过一晚，一定是她给我洒上了一点香水。我赶快把外套脱下来闻闻看，我终于在衣领的夹里上找到了那幽妙的香味的来源。并且出乎意外的是：我那外套的夹里上有许多脱了线的地方都已修整完好。我这时的喜悦和感激是没有言语可以形容的，我觉得自己从那时起百倍的爱着那香水的主人。

据冰之说，那小瓶香水是只花了一个马克从德国买来的。实在也并不是什么高贵的香水。但气味可真清妙到了极点。并且说来是没有人信的，在以后的四五年里，每个秋天我把那外套从箱里取出时，起初虽只闻到樟脑的恶臭，但等到樟脑的气味一散去，淡淡的兰花似的香水的清芬又流入了我的鼻管，它简直像是永不会有消散的一天。

现在，一切愉快的时光虽已和那香水的主人一同去得遥远，但那少女的一点柔情，却悠久地记在我的心上，每次穿上那外套，嗅着外套上的飘渺的香味，我便仿佛觉得冰之坐在我的身边。

而现在又到了须要再穿上那秋外套的时候了。

她走了

梁遇春

她走了，走出这古城，也许就这样子永远走出我的生命了。她本是我生命源泉的中心里的一朵小花，她的根总是种在我生命的深处，然而此后我也许再也见不到那隐有说不出的哀怨的脸容了。这也可说我的生命的大部分已经从我生命里消逝了。

两年前我的懦怯使我将这朵花从心上轻轻摘下，（世上一切残酷大胆的事情总是懦怯弄出来的，许多自杀的弱者，都是因为起先太顾惜生命了，生命果然是安稳地保存着，但是自己又不得不把它扔掉。弱者只怕失败，终免不了一个失败，天天兜着这个圈子，兜的回数愈多，也愈离不开这圈子了！）——两年前我的懦怯使我将这朵小花从心上摘下，花叶上沾着几滴我的心血，它的根当还在我心里，我的血就天天从这折断处涌出，化成脓了。所以这两年来我的心里的贫血症是一年深一年了。今天这朵小花，上面还濡染着我的血，却要随着江水——清流乎？浊流乎？天知道！——流去，我就这么无能为力地站在岸上，这么心里狂涌出鲜红的血。

“谁道人生无再少，门前流水尚能西。”但是我凄惨地相信西来的弱水绝不是东去的逝波。否则，我愿意立刻化作牛矢满面的石板在溪旁等候那万万年后的某一天。

她走之前，我向她扯了多少漫天的大谎呀！但是我的鲜血都把它们染成了真实了。还没有涌上心头时是个谎话，一经心血的洗礼，却变做真实的真实了。我现在认为这是我心血唯一的用处。若使她知道个个谎都是从我心房里榨出，不像那信口开河的真话，她一定不让我这样不断地扯谎着。我将我生命的精华搜集在一起，全放在这些谎话里面，掷在她的脚旁，于是乎我现在剩下来的只是这堆渣滓，这个永远是渣滓的自己。我好比一根火柴，跟着她已经擦出一朵神奇的火花了，此后的岁月只消磨于躺在地板上做根腐朽的木屑罢了！人们践踏又何妨呢？“推枰犹恋全输局”，我已经把我的一生推在一旁了，而且丝毫也不留恋着。

她劝我此后还是少抽烟，少喝酒，早些睡觉，我听着我心里欢喜得正如破晓的枝头弄舌的黄雀，我不是高兴她这么挂念着我，那是用不着证明的，也是言语所不能证明的，我狂欢的理由是我看出她以为我生命还未全行枯萎，尚有留恋自己生命的可能，所以她进言的时期还没有完全过去；否则，她还用得着说这些话吗？我捧着这血迹模糊的心求上帝，希望她永久保留有这个幻觉。我此后不敢不多喝酒，多抽烟，迟些睡觉，表示我的生命力尚未全尽，还有心情来扮个颓丧者，因此使她的幻觉不全是个幻觉。虽然我也许不能再见她的倩影了，但是我却有些迷信，只怕她靠着直觉能够看到数千里外的我的生活情形。

她走之前，她老是默默地听我的忏情的话，她怎能说什么呢？我怎能不说呢？但是她的含意难伸的形容向我诉出这十几年来她辛酸的经验，悲哀已爬到她的眉梢同她的眼睛里去了，她还用得着言语吗？她那轻脆的笑声是她沉痛的心弦上弹出的绝调，她那欲泪的神情传尽人世间的苦痛，她使我凛然起敬，我觉得无限的惭愧，只好滤些清净的心血，凝成几句的谎言。天使般的你呀！我深深地明白你会原宥，我从你的原宥我得到我这个人唯一的价值。你对我说：“女子多半都是心地极偏狭的，顶不会容人的，我却是心地最宽大的。”你这句自白做了我黑暗的心灵的闪光。

我真认识得你吗？真走到你心窝的隐处吗？我绝不这样自问着，我知道在我不敢讲的那个字的立场里，那个字就是唯一的认识。心心相契的人们哪里用得着知道彼此的姓名和家世。

你走了，我生命的弦戛然一声全断了，你听见了没有？

写这篇东西时，开头是用“她”字，但是有几次总误写做“你”字，后来就任情地写“你”字了。仿佛这些话迟早免不了被你瞧见，命运的手支配着我的手来写这篇文字，我又有什么办法哩！

无情的多情和多情的无情

梁遇春

情人们常常觉得他俩的恋爱是空前绝后的壮举，跟一切芸芸众生的男欢女爱绝不相同。这恐怕也只是恋爱这场黄金好梦里面的幻影罢。其实通常情侣正同博士论文一样地平淡无奇。为着要得博士而写的论文同为着要结婚而发生的恋爱大概是一样没有内容罢。通常的恋爱约略可以分做两类：无情的多情和多情的无情。

一双情侣见面时就倾吐出无限缠绵的话，接吻了无数万次，欢喜得淌下眼泪，分手时依依难舍，回家后不停地吟味过去的欣欢——这是正打得火热的时候。后来时过境迁，两人不得不含着满泡眼泪离散了，彼此各自有个世界，旧的印象逐渐模糊了，新的引诱却不断地现在当前。经过了一段若即若离的时期，终于跟另一爱人又演出旧戏了。此后也许会重演好几次。或者两人始终保持当初恋爱的形式，彼此的情却都显出离心力，向外发展，暗把种种盛意搁在另一个人身上了。这般人好像天天都在爱的旋涡里，却没有弄清真是爱哪一个人，他们外表上是多情，处处花草颠连，实在是无情，心里总只是微温的。他们寻找的是自己的享乐，以“自己”为中心，不知不觉间做出许多残酷的事，甚至于后来还去赏鉴一手包办的悲剧，玩弄那种微酸的凄凉情调，拿所谓痛心的事情来解闷消愁。天下有许多的眼泪流下来时有种快感，这般人却顶喜欢尝这个精美的甜味。他们爱上了爱情，为爱情而恋爱，所以一切都可以牺牲，只求始终能尝到爱的滋味而已。他们是拿打牌的精神踱进情场，“玩玩罢”是他们的信条。他们有时也假装诚恳，那无非因为可以更玩得有趣些。他们有时甚至于自己也糊涂了，以为真是以全生命来恋爱，其实他们的下意识是了然的。他们好比上场演戏，虽然兴高采烈时忘了自己，居然觉得真是所扮的角色了，可是心中明知台后有个可以洗去脂粉，脱下戏衫的化装室。他们拿人生最可贵的东西爱情来玩弄，跟人生开玩笑，真是聪明得近乎于大傻子了。这般人我们无以名之，名之为无情的多情人，也就是洋鬼子所谓Sentimental（易动情感的）了。

上面这种情侣可以说是走一程花草缤纷的大路。另一种情侣却是探求奇怪瑰丽的胜境，不辞跋涉崎岖长途，缘着悬岩峭壁屏息而行，总是不懈本志，从无限苦辛里得到更纯净的快乐。他们常拿难题来试彼此的挚情，他们有时现出冷酷颜色。他们觉得心心既相印了，又何必弄出许多虚文呢？他们心里的热情把他们的思想毫发毕露地照出，他们的感情强烈得清晰有如理智。天下抱定了成仁取义决心的人干事时总是分寸不乱，行若无事的，这般情人也是神情清爽，绝不慌张的，他们始终是朝一个方向走去，永久抱着同一的深情，他们的目标既是如皎月之高悬，像大山一样稳固，他们的步伐怎么会乱呢？他们已从默然相对无言里深深了解彼此的心曲，他们哪里用得着绝不能明白传达我们意思的言语呢？他们已经各自在心里矢誓，当然不作无谓的殷勤话儿了。他们把整个人生搁在爱情里，爱存则存，爱亡则亡，他们怎么会拿爱情做人生的装饰品呢？他们自己变为爱情的化身，绝不能再分身跳出圈外来玩味爱情。聪明乖巧的人们也许会嘲笑他们态度太严重了，几十个夏冬急水般的流年何必如是死板板地过去呢？但是他们觉得爱情比人生还重要，可以情死，绝不可为着贪生而断情。他们注全力于精神，所以忽于形迹，所以好似无情，其实深情，真是所谓“多情却似总无情”。我们把这类恋爱叫做多情的无情，也就是洋鬼子所谓Passionate（热情的）了。

但是多情的无情有时渐渐化做无情的无情了。这种人起先因为全借心中自热的情绪，忽略外表，有时却因为外面惯于冷淡，心里也不知不觉地淡然了。人本来是弱者，专靠自己心中的魄力，不知道自己魄力的脆弱，就常因太自信了而反坍台。好比那深信具有坐怀不乱这副本领的人，随便冒险，深入女性的阵里，结果常是冷不防地陷落了。拿宗教来做比喻罢。宗教总是有许多仪式，但是有一般人觉得我们既然虔信不已，又何必这许多无谓的繁文缛节呢，于是就将这道传统的玩意儿一笔勾销，但是精神老是依着自己，外面无所附着，有时就有支持不起之势，信心因此慢慢衰颓了。天下许多无谓的东西所以值得保存，就因为它是无谓的，可以做个表现各种情绪的工具。老是扯成满月形的弦不久会断了，必定有驰张的时候。睁着眼睛望太阳反见不到太阳，眼睛倒弄晕眩了，必定斜着看才行。老子所谓“无”之为用，也就是在这类地方。

拿无情的多情来细味一下罢。乔治·桑在她的小说里曾经隐约地替自己辩护道：“我从来绝没有同时爱着两个人。我绝没有，甚至于在思想里。属于两个人，无论在什么时候，这自然是指当我的情热继续着。当我不再爱一个男人的时候，我并没有骗他。我同他完全绝交了。不错，我也曾设誓，在我狂热时候，永远爱他；我设誓时也是极诚意的。每次我恋爱，总是这么热烈地，完全地，我相信那是我生平第一次，也是最后一次地真恋爱。”乔治·桑的爱人多极了，这是谁都知道的事情，但是我们不能说她不诚恳。乔治·桑是个伟大的爱人，几千年来像她这样的人不过几个，自然不能当做常例看，但是通常牵情的人们的确有他可爱的地方。他们是最含有诗意的人们，至少他们天天总弄得欢欣地过日子。假使他们没有制造出事实的悲剧，大家都了然这种飞鸿踏雪泥式的恋爱，将人生渲染上一层生气勃勃，清醒活泼的恋爱情调，情人们永久是像朋友那样可分可合，不拿契约来束缚水银般转动自如的爱情，不处在委曲求全的地位，那么整个世界会青春得多了。唯美派说从一而终的人们是出于感觉迟钝，这句话像唯美派其他的话一样，也有相当的道理。许多情侣多半是始于恋爱，而终于莫名其妙的妥协。他们忠于彼此的婚后生活并不是出于他们恋爱的真挚持久。却是因为恋爱这个念头已经根本枯萎了。法朗士说过：“当一个人恋爱的日子已经结束，这个人大可不必活在世上。”高尔基也说：“若使没有一个人热烈地爱你，你为什么还活在世上呢？”然而许多应该早下野，退出世界舞台的人却总是恋栈，情愿无聊赖地多过几年那总有一天结束的生活，却不肯急流勇退，平安地躺在地下，免得世上多一个麻木的人。“生的意志”（Will to live）使人世变成个血肉模糊的战场。它又使人世这么阴森森地见不到阳光。在悲剧里，一个人失败了，死了，他就立刻退场，但是在这幕大悲剧里许多虽生犹死的人们却老占着场面，挡住少女的笑涡。许多夫妇过一种死水般的生活，他们意志消沉得不想再走上恋爱舞场，这种的忠实有什么可赞美呢？他们简直是冷冰的，连微温情调都没有了，而所谓Passionate（热情的）的人们一失足，就掉进这个陷阱了。爱情的火是跳动的，需要新的燃料，否则很容易被人世的冷风一下子吹熄了。中国文学里的情人多半是属于第一类的，说得肉麻点，可以叫做卿卿我我式的爱情，外国文学里的情人多半是属于第二类的，可以叫做生生死死的爱情，这当有许多例外，中国有尾生这类痴情的人，外国有屠格涅夫，拜伦等描写的玩弄爱情滋味的人。

致柔石

冯铿

我沉溺在精神的斗争中十天！现在，我快乐了，你看，我是一个能够把意志克服了本身阶级性的强者！！

你把我的精神占领了去！坦白地告诉你：十天以来，不，自看了你的《二月》以后，一种神秘的，温馨的情绪萦绕着我，差不多每一件事物，每一个时间空间我的心里总是充塞了这样不可救药的情绪，弄得自己简直莫名其妙，好像完全转换了另一个人！“这就是恋爱么？为什么呢？”这之间，还参加了不断地实际问题的冲突，然而，好似一个第三者，一件什么东西把我又蒙蔽了——那种心情，简直抒写不出来！

现在，完全明白了！我真快乐！告诉你好么？“自第一次碰见你便觉得给你吸引了去，以后，读了那样的文章更加着了迷！这是什么呢？是完全依照着自己本身过去残余的、甚至是几千年以来遗留下来的所谓缠绵幽婉的儿女之情而沉溺了的一回事！！”这不是可耻的心情么？不是我们现在所不需要的缓和了××的心情么？——至于说，照那样的恋爱可以有利于我们的事业，这简直是自欺欺人的解答！那样的恋爱看看就要陷入到几千年所摆脱不去的窠臼里面，是自私，高超，幽雅……等等的结晶。比方说，在公园中月夜，凄清在那种低徊幽怨的情绪底下的我便起了如下的念头：“我们沉醉在这样可爱的秋月底下，这样令人迷惑的桂花香吧！什么都应该抛弃，我们找一处隔绝尘寰的幽居来尽量沉醉吧……”好可怕的欲念呀！总之，结论是：在我们一辈子里，尤其是像你我这样过去深受了那种思想毒害的人物，所谓爱情，一定是离开群众的，神秘而玄渺的东西！是不是呢？

我这女人自来就给不了解的，虽然从前曾经用生命来爱我——像上面那样的爱的方式——而同居数载的他也未能十分充足地了解我。至于你，我敢相信你是更不能了解的，（日后，你便一定能够，但现在不能肯定）而你竟爱上了我，为什么呢？不是像我同样的，完全基于神秘玄渺的那种理想么？惟其因为你我的出发点是大部分的相同，所以，你我便全都陷于不能自拔的境地！

如果说：在我们现在之间存在的是爱情，那么，这爱情完全是可轻蔑的，神秘而又玄渺的，承继了世纪以来的制度而产生的东西！这不是新的爱情，不是伟大雄浑的爱情！

好，错处是在我的，因为是女人，所以世纪以来的缠绵幽婉的女人所特有的可耻的情绪便承着机会占领了我。然而我胜利了，很快乐地克服了它！至于你，我相当佩服你的强毅，你委实比我高明，不过，也还差得远，离我们所需要的人性。努力呀！太阳是光明的，血是鲜红的，跃动起来呀，我们的心脏！

新的爱情我们是创造不出来的，这有许多理由；而旧的爱情我们也该抛弃它了，这也有许多理由！历史的车轮背负了我们生活在这个时代，我们就把它抓住好了！

我们大家都是好兄弟，好朋友，我们互相策勉，我们互相搀扶着走上创造和寻求真理的道路！

“我们，我们是同学，是……”仅记着这样的话罢！可敬爱的同学呀！在这里我和你紧紧地握着手掌！！

我的金鱼依旧很悠然的游泳着，可是，我对它笑起来！！

我好快乐，因为我解决了一个难以解答的问题！

希望你帮助我勇气！太阳是光明的，热血是鲜红的！！！

1930年10月14早上

这是在这时代里一个女人的心理转变过程，我们××成功以后，有悠闲的时间，大概是值得研究的。

但是现在请至切不要加以思索，看过就算了！

图书在版编目（CIP）数据

传世散文经典：因为爱情 / 鲁迅等著；郭雨选编 . —北京：中国华侨出版社，2016.4

ISBN 978-7-5113-5851-6

Ⅰ . ①传… Ⅱ . ①鲁… ②郭… Ⅲ . ①散文集 - 中国 - 现代 Ⅳ . ① I266

中国版本图书馆 CIP 数据核字（2016）第 080020 号

传世散文经典：因为爱情

著　　者 / 鲁迅 等著；郭雨 选编
责任编辑 / 文　喆
责任校对 / 王京燕
经　　销 / 新华书店
开　　本 / 670 毫米 ×960 毫米　1/16　印张 /17　字数 /220 千字
印　　刷 / 北京建泰印刷有限公司
版　　次 / 2016 年 7 月第 1 版　2016 年 7 月第 1 次印刷
书　　号 / ISBN 978-7-5113-5851-6
定　　价 / 32.00 元

中国华侨出版社　北京市朝阳区静安里 26 号通成达大厦 3 层　邮编：100028
法律顾问：陈鹰律师事务所
编辑部：（010）64443056　　64443979
发行部：（010）64443051　　传真：（010）64439708
网址：www.oveaschin.com
E-mail：oveaschin@sina.com